FRANCESCO RECCHIA

IL RITORNO DI STANISCI

POESIE E RACCONTI POETICI ANTIVIRALI

A MIMMA

Sei stata il mio luminoso faro quaggiù,

ora illuminami, Stella del cielo, da lassù.

La distanza solamente è aumentata:

ora Tu mi guidi dall'alto, mia amata!

A MIMMA

Alla scuola la vita hai dedicato:
una famiglia per te, Mimma mia cara.
I genitori ti hanno sempre stimato
per la tua umanità preziosa e rara.

Coi bambini vivevi in empatia,
e con dolci richiami e col buon tono,
in classe regnava l'armonia,
portando viva gioia a tutti in dono.

Ma quel Maligno che è sempre in agguato,
e ha in orrore in tutti i modi il bene,
la tua comunità, presto, ha schiantato!

Più ce l'ha con le persone per bene,
come te in cui più ho confidato...
e ora dal ciel il tuo amor mi sostiene.

ULTIMO SALUTO

Il primo ottobre ho così salutato Mimma e tutti i presenti in occasione dei funerali nella chiesa di san Francesco di Paola in S. Vito dei Normanni.

Cara Mimma, abbiamo vissuto insieme solo pochi anni senza poter festeggiare nemmeno il traguardo dei 25 anni, per questo ti dico addio e arrivederci per ritrovare il tuo volto, sorridente anche se non eri più con noi. Il tuo volto era sorridente perché hai incontrato tua sorella Renata salita al cielo nel 2014, hai incontrato tua mamma salita al cielo nel 2015, hai incontrato tuo papà salito al cielo nel 2016 e come potevi non essere felice con tutte queste brave persone?

In cielo si è felici se si è fatto del bene come te, come Renata, come mamma e papà.

Saluto tutti voi presenti, specie quelli venuti da lontano, tutti i colleghi di Mimma, gli amici, i parenti, i sacerdoti che hanno pregato forte.

Grazie a tutti per l'affetto che avete dimostrato a Mimma che per la scuola ha dato tutto, ha dato tutto per i suoi bambini.

L'ho sempre considerata un'eroina per quanto riguarda l'attaccamento al lavoro e la dedizione alla famiglia.

Saluto e ringrazio tutti.

SONO PRONTO...

Senza moglie e senza figli,
la mia vita è senza appigli.

Or mi sento pronto, invero,
d'andar, dritto, al cimitero.

Ahi, *sic transit gloria mundi*...
sulla terra siamo oriundi!

Riporta chiaro il Vangelo
che l'unica patria è il cielo!

Non un 'luogo' contrastato,
ma benevolo e stellato:

l'eterno regno del Bene
che all'uomo nuovo conviene.

PRESENTAZIONE

L'anno 2020 ha fatto di tutto per meritare il detto popolare "anno bisesto: anno funesto". Tra pandemia e lutti, distanziamenti e quarantene si è decisamente preso una parte di noi, della nostra socialità, delle nostre gioie.

Come hanno reagito gli italiani durante la clausura della quarantena subita nella primavera del 2020?

Alcuni hanno fatto ricorso ai *vaccini culturali* che sono i libri, capaci con la loro lettura di essere fonte di conoscenza e anche di evasione calmante lo sconforto velenoso dovuto al virus, ma anche capaci, con la loro eventuale stesura, di far diventare proficuamente salutare ed emotivo il letargo o il confino imposto *ope legis*.

Ci voleva la pandemia, e l'isolamento al quale ci ha costretti un virus per scoprire, anzi riscoprire, l'importanza e il piacere della lettura, il ruolo quasi "terapeutico" del libro. Ci riferiamo, è bene chiarirlo, non al libro digitale (*e-book*), ma a quello cartaceo.

Scrive Montaigne nei suoi *Essais* (III,3): "non viaggio senza libri né in pace né in guerra… È il miglior viatico che io abbia trovato in questo viaggio umano".

Per quanto mi riguarda la pandemia ha generato poesia, perché per distrarmi mi son messo a scrivere poesie anche abbastanza lunghe quasi fossero racconti poetici, ispirati al personaggio sanvitese Vitantonio Stanisci, famoso poeta locale.

I componimenti sono stati scritti quasi tutti alla fine dell'anno 2019 e nell'anno 2020, soprattutto durante la quarantena per contrastare la diffusione del Covid-19.

In tutti questi componimenti la voce narrante è di Stanisci.

Le composizioni, dai contenuti vari, sono state scritte nella considerazione empatica delle persone descritte. Le persone sono compagne di viaggio della vita che, essendo difficile, è bene allietarla con comprensione e compassione reciproca, soprattutto con l'amicizia.

Ho voluto offrire, spero, una piacevole e al contempo riflessiva occasione di lettura che non manca dei suoi vari registri: si legge per informarsi, imparare, sorridere, riflettere, migliorarsi.

Ho scritto per esprimere ed aprire il mio animo agli altri cercando di fare considerazioni che si aprono a scrutare l'Infinito che è dentro e fuori di noi.

Pertanto ciascuno, secondo la propria sensibilità, può ravvisare nei miei scritti le sfaccettature di significato che meglio gli si attagliano.

Riprendendo, in altra forma, un'espressione dialettale del poeta Stanisci, rivelo che ci ho messo "sale e uegghiu", ma mi scuso se non ho saputo fare "megghiu".

Di sicuro ho passato con relativa piacevolezza il tempo della quarantena. Spero, cari lettori, che sia altrettanto piacevole la vostra lettura delle mie composizioni che di seguito riassumo.

L'opera è composta di cinque parti, oltre alla presentazione dell'autore.

Parte prima. Il primo componimento è un piccolo sketch tutto intessuto di ironia fra Stanisci e sua moglie Caterina a proposito della frequentazione della cantina.

Gli altri componimenti sempre della prima parte sono più lunghi e riguardano situazioni vissute da Stanisci in occasione del Natale; della tradizione del I° aprile consistente nella realizzazione di scherzi di cui vittima è lo stesso Stanisci; della sua riflessione sulla morte; della scampagnata in occasione della Pasquetta che è una poesia-racconto di oltre 300 versi e perciò divisa in nove sottotitoli:

1- Preparativi e partenza

2- Arrivo e sistemazione

3- Caterina

4- Stanisci e il bagno a mare

5- I brindisi e lu cuncertinu

6- L'accordeonista brillo

7- Il Filosofo

8- L'Affabulatore

9- Il Rimatore e la festa finale.

Nel racconto poetico sono inserite, dove ho ritenuto opportuno, sei poesie e una filastrocca.

La lingua usata, ogni tanto, è un dialetto italianizzato, oppure un italiano dialettizzato, comunque sempre comprensibile. Se qualche termine dialettale è del tutto indecifrabile, si può cercare il suo significato nel Web. E comunque quasi tutti gli Italiani sono ancora bilingui, oppure usano una lingua mista. Ma, purtroppo, l'uso dei dialetti va perdendosi col passare del tempo. Usare, qualche volta, termini dialettali dà l'occasione di avvicinarsi ai dialetti che in certe situazioni danno più possibilità espressive e rimiche. Io talvolta ho cambiato le vocali di alcuni termini per fini rimici: per esempio, ho usato a volte il termine "Natale" e a volte il termine dialettale "Natali".

La parte seconda riguarda alcuni giudizi del grande scrittore tedesco Goethe sulla Sicilia, che mi hanno dato l'occasione di comporre "Puglia e Sicilia sorelle nella bellezza", poesia che canta le bellezze e il senso profondo dell'attrattività della Puglia.

La parte terza tratta del pernicioso tentativo delle regioni ricche dell'Italia del nord di trattenere per sé le tasse locali causando la necessità di aumentare le tasse nelle altre regioni, dividendo gli Italiani in cittadini di serie A e cittadini di serie B.

La parte quarta è uno scioccante racconto di un fatto singolare, di cui è vittima un popolano di nome *Cicuredda*, che viene risolto da Stanisci con l'applicazione del buon senso a una situazione giuridica cavillosa.

Infine, la parte quinta è un'appendice in cui sono riportati alcuni articoli, pubblicati sulla rivista "L'Arcobaleno", riguardanti "L'Infinito" di G. Leopardi, la Pasqua e il suo significato religioso e laico.

Gli articoli riguardano anche alcune opere dei seguenti scrittori/poeti sanvitesi: Enrico Castrovilli, Benito D'Agnano, Domenico Casale, Giuseppe Cecere senior.

In tutta l'opera traspaiono tra le righe le certezze di una ragione che muove dalla verità dell'esistenza delle cose e intende rispettarla e spiegarla in ultima istanza, nella convinzione che l'essere del mondo è prodotto da Dio.

Al contrario il pensiero moderno, relativizzando Dio, risolve *l'essere in sé* di tutte le cose nell'*essere di coscienza* dell'idealismo trascendentale che risolve il tutto (compreso Dio) *nell'Io Pensante* che, contrapponendosi nella negazione di sé, pone tutto il reale quale oggettivazione immanente di sé.

Il pensiero moderno, seguendo le fantasie del movimento romantico e dell'idealismo, ha capovolto il rapporto tra Dio e l'uomo: prima era l'uomo che dipendeva da Dio ora è Dio che dipende dall'uomo, dalla sua coscienza o da una coscienza trascendentale che attraverso il suo divenire dialettico diventa autocoscienza o spirito assoluto da cui tutto dipenderebbe.

Insomma il pensiero moderno è ossessionato dal finito e dall'effimero aprendo al baratro del nichilismo più disperato.

Ora bisogna risalire a Dio per spiegare me come persona cosciente e libera, ossia soggetto ribelle ad ogni determinismo, e quindi causalità responsabile, comunione d'amore, valore-fine insubordinabile, potenza di espansione vitale mai esausta nella insaziabile avidità di conoscenza e di conseguimento del proprio vero bene. Conoscenza e bene che arricchiscono la tradizione e fondano la storia come valorizzazione dell'uomo e del creato.

L'idealismo, invece, rendendo Dio immanente nella coscienza trascendentale, ha riaffermato il panteismo che identifica Dio col mondo e con la storia, risultandone un monismo materialistico o spiritualistico.

Ora l'esigenza dell'unità è legittima, ma per salvare e conciliare questi due aspetti oggettivi del reale (materia e spirito), basta risalire all'essere quale perfezione trascendentale, analogamente comune a tutte le cose, e differente in esse secondo l'essenza di ciascuna.

Il materialismo, presumendo di spiegar tutto, ha dovuto identificare *la materia col tutto* che comprende valori che la materia non può spiegare. Il meno cioè non può dare il più.

Ora tutti i tipi di materialismo sono atei: atomistico, meccanicistico, evoluzionistico.

L'evoluzionismo, per giustificare l'origine di tutto, ha osato assolutizzare *il divenire,* negando *un soggetto* che divenga, *uno scopo* che lo finalizzi, *un principio* che lo determini. Appunto un divenire del nulla verso il nulla, causato da nulla: insomma un'assurdità.

È vero che sorgo dal mio nulla perché un tempo non ero e ad un certo momento ho cominciato ad esistere. Ma non posso dire che il nulla da cui sono sorto sia t o t a l e, perché nel caso non esisterei: dal nulla, nulla.

Se dunque ora esisto – almeno io che penso e mi pongo dei problemi – *qualcosa,* ed anzi *Qualcuno* è sempre esistito: il

Nulla Assoluto non c'è mai stato, altrimenti ora non esisterebbe nulla.

Ed ecco che la *realtà* (Realtà Personale) è eterna, ossia non è stata preceduta dal nulla di sé ed è condizione di tutto "l'altro", compreso me.

La Realtà, se eterna, non può non essere *Prima*, incondizionata, autonoma, sufficiente a se stessa, onniperfetta, infinita.

Se pertanto essa è Principio di tutto, tutto è sempre preesistito in essa *a modo di quel Principio (Dio)* che supera all'infinito ogni persona o cosa per la perfezione semplicissima e indivisibile dell'Atto Puro *(=Atto d'essere)*.

Ogni cosa, dunque, è eterna in quanto anticipata, precontenuta virtualmente in Lui: nulla sarebbe in sé, se prima non fosse stata da sempre in Dio assai meglio che in sé, come il modo d'essere della *causa in sé* supera il modo d'essere della medesima *nei suoi effetti*, che ne partecipano la perfezione senza mai eguagliarla…

Da sempre pertanto Dio è il "fondo inesauribile" del mio essere.

Risalendo di causa in causa, di epoca in epoca, non mi perdo nel vuoto di un immaginario ed assurdo Nulla Totale: la pienezza, la stabilità, la sufficienza (prerogative dell'Assoluto Personale) costituiscono il seno immenso in cui mi nascondevo e da cui emergo dall'eternità e per l'eternità.

In Lui, come non ho cominciato ad esistere, così resterò indistruttibile.

Questo il solo "Infinito" in cui m'è dolce naufragare.

(Si legga il mio commento su "L'Infinito" del Leopardi a p. 143 e ss.)

BREVE STORIA DELLA VITA DI STANISCI

Vitantonio Stanisci (1894-1981), il poeta analfabeta

Vitantonio Stanisci nacque a San Vito dei Normanni il 31 ottobre 1894. Pur non avendo mai imparato a leggere e a scrivere (era il primo di quattordici figli!), è passato alla nostra storia locale come *lu poeta ti paisi*. Nella sua vita fu contadino e manovale, adattandosi alle più disparate attività pur di portare a casa il pane: fu proprio per mancanza di lavoro che si mise a "comporre" poesie, che stampava e vendeva, ottenendo qualche compenso da chi lo ascoltava. Erano componimenti - tutti in vernacolo - che fotografavano la vita quotidiana sanvitese, denigrando i vizi o i demeriti ed esaltando le virtù e le doti dei suoi concittadini. Tra i temi più ricorrenti: la cantina, la moglie Caterina (sposata nel 1921, sua inseparabile compagna e con la quale è sepolto) e la morte, guardata con scherzo e riso. Morì nel gennaio del 1981 a Carovigno e ora riposa presso la Tomba Monumentale del nostro cimitero. San Vito gli ha dedicato una via.

Dal sito "L'Arcobaleno" per San Vito dei Normanni-il primo notiziario online della tua città.

PARTE PRIMA

STANISCI TRA CATERINA E LA CANTINA

Oh mamma ce bella bella matina...
propria na sciurnata di cantina...!

Catarì, priparimi li chiù beddi robbi mia
ca a beri agghia sci in bedda cumpagnia.

Li muerti...sempre a na vanna pienzi,
tegghia vinì lu sale o ci no l'aggienzi;

cerca cu ti abbitui a sta senza mieru,
vicina è la morte cu lu favucione neru,

ca ta va tagghià nettu cuera capu a muzzu,
e poi comu trasi lu mieru 'ntra lu puzzu?

Catarì, l'impurtanti eti cu trasi 'ntra la gola,
poi la sapi truvà iddu la strada pi la ciola...

Ma sienti a me, percè non vai na vota a messa!
Uè Catarì...ma ce mi sta fani propria fessa?

L'agghiu pinzatu, ma iu ho la lingua senza peli:
lu papa bevi iddu, ma lassa all'urmu li fedeli!

INTERMEZZO

LU BBRIACONE RINSAVITO

Cominciai a sorbirmi nu buttiglione,
poi, prosciugai l'intero *capasone*;
usando la gola come canale,
sono proprio andato a finire male.

Adesso che il fegato ho compromesso,
mi rimprovero d'esser stato fesso.
Ancor s'è potuto metter riparo,
e il corpo "sanatu" lo tengo caro!

Capisco d'aver sbagliato una volta
e mi cimento con forza e sto attento
che la salute non mi sia più tolta.

L'uomo spesso, sol dopo lo spavento,
pensa e decide di dare una svolta
alla vita, e stare bene e contento!

LU NATALI DI STANISCI

Una sera tornando presto dalla cantina
notai un uomo, na figura mingherlina.

Facevo sempre lo stesso itinerario
rispettando più o meno lo stesso orario.

Quella volta però cambiai direzione,
scelsi una strada con più illuminazione.

Avevo ingollato più di un bicchiere
e bene la strada volevo vedere.

C'erano fili appesi con tante lucine
e alberi pieni di lucenti palline.

Conobbi quell'uomo, era un vecchio amicu,
diventato tanto malatu ca non vi dicu.

Si trascinava cu na carcassa vecchia
ed era surdu puru t-na recchia.

Gli gridai garbato: "Cumpà comu vani?"
Rispose:"A st'età non putimu sci sani sani.

"Tegnu, ahimè, lu fegatu e lu cori malati,
sarà… ch'alla morte simu cundannati!

"Pi nu vicchietti, dico di me, a na certa età,
si presenta nera cu la favici quedda dà".

Parlava pure a scatti, era nu picca balbuziente
e io mi dissi: "Speriamu cu no teni chiù niente!"

M'aveva provucatu nu certo timori
e mi batteva pure a me forte lu cori.

E mentre iddu teneva la testa girata,
io alli parti bassi mi feci na grattata.

Non c'era nessun altro nei dintorni,
così gesticolai pure nu paru ti corni.

Infine l'amicu sospiroso si girò lentamente
e iu lo salutai veloce, ma cortesemente:

gli feci, di cuore, gli auguri di Buon Natali,
ma non vitevu l'ora di mettere le ali!

Pensai di tornare alla cantina pi nu piddacchiu:
lu pinzieru t-la morte mi rumpeva lu cacchiu!

Poi a casa, pinzavu, trovu n'atra miticina
ca è lu confortu della cara Catarina,

anche se per il ritorno troppo ritardatu
m'era fa pruvà lu crudu e duru scriatu!

Ma d'impruvvisu…che sorpresa! La strada   lasciata
era stata anch'essa tutta bardata ed illuminata!

C'era la mostra di tanti e bei presepi
messi tra cespugli, sugheri e siepi.

C'era al centro di essi lu Bambinu sorridente,
e a quel puntu non capii propriu più niente:

di là l'omino quasi prontu per l'ambulanza,
di qua tanta bei presepi pieni di speranza.

Di là la morte quasi imminente,
di qua la vita allo stato nascente.

Insomma c'è sempre chi nasce e chi muore:
questa è l'incessante danza di tutte le ore!

Pinzavu: lu Bambinu è lu Signore ca non ci sgarra,
e perciò della nostra salvezza è vera caparra.

Lu Bambinu a Pasqua risorge e dà la speranza
d'avere nel cielo tutti meritata cittadinanza.

Vincendo la morte con la risurrezione
Gesù ci ha portati tutti alla salvazione.

È cussì…! Diffondete l'annuncio a buon mercatu,
vi lu garantiscu… iu in paradisu agghiu studiatu:

qua non so chiù né "villanu" né "analfabbeta",
qua in paradisu di tutto ho visione completa!

E so che se tutti hanno buona volontà,
la salvezza anche in terra diventa realtà:

se si è buoni sempre, non solo in quest'occasione,
dando alla vita una stabile e decisa conversione.

Questa poesia possa scacciar via ogni male,
e auguro a tutti e a ognuno Buon Natale!

INTERMEZZO

LA PORTA DEL CIELO

L'anima sa che in ciel c'è il vero Bene,
ma spesso si fa legar con catene,
e non si stacca dai i beni terreni
dei quali ha fatto abuso senza freni.

Il più ricco del mondo è il santo,
del Bene solamente porta vanto;
nessuna cosa lo trattiene alla terra,
nessun egoismo in sé lo rinserra.

L'alma legata a ricchezza e potere
perde tutto, perde anche il suo sorriso:
chiusa in sé niuna gioia può godere.

All'alma buona spetta il paradiso,
la Felicità potendo ottenere,
perché l'amore con tutti ha condiviso.

PURU STANISCI CAPPÒ ALLI PISCI

"Per la megghiu tla megghiu *spugna*
mieru, sughetto e purpetti cu la ssugna".

Così stava scrittu sopra nu bigliettu
misu a sciuvulone sotta lu zoccolettu.

Così firmatu: "Lu Comitatu tli briacuni".
Dapprima pinsai a nu scherzu ti vagnuni.

Purtai lu bigliettu a nu litteratu
ca mi spiegò bene lu significatu:

"A chi supporta e trangugia più bicchieri,
c'è cibo abbondante intra li quandieri."

Saputo il fatto dissi: *"Sono io lu campioni,
l'unico capace di farsi l'intero capasoni!"*

Infatti, cuminciata la gara alla cantina
di sursi nisciunu arrivava alla trentina.

Iu ca non ero comu quiddi dilettanti,
dissi ca puteva scì molto più avanti!

Lu mieru succhiatu scorreva, gorgogliante,
a presa diretta in modo quasi incessante!

Un tubo giù in basso allu zirru calatu
travasava lu mieru 'ntra lu palatu,

che avvertì tardi lu cangiamientu di sapore
t-lu mieru diventato lippusu come liquore.

T-la presenza t-lu ricinu ebbi la sensazione,
ma ormai lu travasu era a fine operazione.

Pensando alle scuotenti incipienti bordate
salutai quelle facce venate di cennate risate.

Allora mentre fissavo lo svacantutu zirru
pensai d'aver buscatu la vittoria di Pirru!

Nu bellu scherzu m'avevano rifilatu,
ma lu premiu finale avevo uantatu!

Arrivatu a casa mentre avevo le mie flussioni,
nu prisu bandiva ca Stanisci era lu campioni!

Caterina gridò: - *Com'ete ca è nu campione*
se se ne sta chiusu in bagnu in depressione!?

- *"Non è niente…Cu veni crai pi la premiazione,*
in cantina si sazierà e si rimetterà in condizione;

"signo'… sta scrittu chiaro sobbra lu bigliettu
che avrà brascioli e spaghetti cu lu sughettu."

- *"Se è così…oggi si sente tutto scurmatu,*
ma domani si farà il ventre spunnicatu!"

Io mi dicevu, sentito tutto dalla finestra:
-Domani so io como anchiri sta canestra!

Lu giurnu dopo era aprile, ed ero debolucciu,
era normale sentirsi stanco comu nu ciucciu:

non pi nienti si senti da tutti pruvirbiari
che ad aprile è proprio toci mpapagnari.

Alla cantina: *"Se il mangiari è come il suo bere,*
è veramente nu mostro di tutte li maniere!"

Ancora vitevo sempre quelle certe facce,
beffarde, rizzate a scoppiare in risatacce.

Ma iu avanzai deciso con passo di trionfatore
per diventare della tavola il solo ssapuratore.

Ma…sulla tavola vidi solo prima nu vummile,
poi nu piattu con su dipinto un pesce d'aprile!

Sul ventre c'era scritto: *"Buon appetito,*
e vacci piano con olio di ricino è condito!"

E allora mentre a tutti li *difriscavu* gli antenati,
tutti si facevanu, spunnati, nu saccu di risati.

STANISCI FILOSOFO SOTTILE

Io non so fare lunghi, barbosi sermoni,
so però fare utili e buone riflessioni.

Sui problemi della vita e della morte,
ogni uomo sa fare meditazioni accorte.

Filosofo è l'uomo in quanto tale:
ogni persona è filosofo naturale.

La morte di ogni uomo ci diminuisce,
la vita in una sola comunità ci unisce:

siamo congiunti sempre in un tutt'uno,
il detto dice: *uno per tutti e tutti per uno.*

Nessun uomo è un'isola in sé completa,
e solo in comunità vi trova la sua meta.

Infatti, degli altri ha sempre necessità,
e vive bene se offre e riceve solidarietà.

Ogni giorno, è vero, un po' si muore,
perché tutta la vita è piena di dolore.

Le parole di un grande poeta riprendo,
e riporto: *la morte si sconta vivendo*!

Ma uniti superiamo le brutte vicende,
uniti tra noi e al Bene che ci trascende.

Dal Bene tenta di separarci la morte,
ma non è questa la nostra ultima sorte.

La morte, è solo un accidente, non è il Tutto,
e quando mi colpirà non sarò tutto distrutto.

Se ella fosse il Tutto attualmente,
non esisterebbe niente di niente!

Dell'uom la morte disfa una "parte" soltanto
e della vittoria finale non avrà mai il vanto!

Quando l'anima il corpo riassumerà,
un colpo per sempre alla morte darà.

La vita in sé stessa non può esser annientata,
la vita ha l'e s s e r e... l'eternità incorporata!

Un grande filosofo questo motto ci diè:
soltanto l'essere è, il non essere non è.

Tutto è eterno a eccezione della morte,
la persona, cioè l'anima, di lei è più forte.

Dicono che nessuna persona è mai risorta,
ma l'anima non può risorgere se non è morta!

L'anima è spirituale e quindi è immortale,
e si unirà al corpo nella risurrezione finale;

Dio che l'ha voluta al corpo legata,
per alquanto tempo ne sarà separata.

L'anima separata avrà sempre una personalità:
pensa e vuole, anche se non avrà più corporietà.

Nell'anima, infatti, siamo immagine di Dio,
e pensare e amare fondano l'eterno nostro Io.

Solo i corpi di tutti, buoni e cattivi, risorgeranno
e riuniti alle loro anime avranno premio o danno.

La condizione eterna è dell'aldiquà un affare:
l'anima da sola sua condizione non può cambiare.

Per i dannati non c'è speranza nell'inferno,
esso, come il paradiso, durerà in eterno.

L'anima non resterà per sempre isolata,
e l'uomo riavrà la vita che fu spezzata.

Naturalmente il corpo sarà trasformato,
avrà superiori qualità, sarà trasumanato.

L'uomo potrà rinascere in una nuova culla:
far risorgere è più facile che creare dal nulla.

Dio che è eterno, onnisciente ed onnipotente,
come fa una cosa, fa anche l'altra in un niente.

Quindi come è certo che c'è questa realtà,
così, con certezza, la risurrezione avverrà!

LA PASQUETTA DI STANISCI

La voce narrante è di Stanisci

PARTENZA E VIAGGIO

Dopo Pasqua si festeggia la pasquetta
e per una uscita si prepara la carretta.

Il sole sorgente dal lontano oriente
annunciava una giornata sorridente.

Caterina desiderava andare al mare,
per un giorno si voleva un po' svagare.

Io fui contento e stupito del suo invito,
ma come raggiungere il mare da S. Vito?

Non avendo un Ufficio Trasportazioni,
mi rivolsi allu ciucciu di Pantaglioni.

Lu nome del signor ciucciu, è Piruddu,
e nessun altro è chiù bravu di cuddu.

Sono tutti e due dei veraci e grandi amici,
e acconsentirono subito, tutti e due, felici.

Pantaglioni però approvò anche pi lu mieru…
ma a parte custu, nel favorirmi, era sinceru.

I raggi filtravano tra nuvole sparse e dorate
in un cielo azzurro e su campagne infiorate.

Il cuore di tutti era allegro e canterino,
e un canto risuonò già a prima mattino.

(da cantare improvvisando)

Azzurro il cielo, ed azzurro è il mare,
è una giornata da vivere e da amare.

Caterina aveva la puddìca già preparata,
specialità culinaria per una scampagnata;

ne trasse focacce con cipolle ed olive nere,
distese ben bene in profumose quandiere.

Si mise a preparare anche la parmigiana,
mentre io cercavo una capiente damigiana.

Ero sicuro ca ci voleva ben oltre lu buttiglioni,
io avevo la nomea, ma io sapevo Pantaglioni…!

Comunque, per quanto riguarda lu mieru,
era sempre dovere mio tenerci lu pinzieru.

Caricato l'occorrente sull'agile trainello,
partimmo felici e contenti, a trotterello.

Dapprima lu ciucciu sicuro dritto tirava,
ma poi vedemmo che la capu gli girava.

La strada era diventata stretta e tortuosa
che al somaro rese la testa assai turbinosa.

Le numerose curve un po' a sinistra un po' a destra,
accesero nella sua mente un fremito d'orchestra.

Pantaglioni si scazzicò: - *Lu cicciu avi rascioni,*
a ci è fattu sta strada è proprio nu cugghioni!

Poi scese e cominciò piano piano a lisciarlo,
e gli dava dei leggeri buffetti per rincuorarlo.

Poi disse ca siccome loro due erano simpatici,
capì che erano necessari aiuti omeopatici. (*sic!*)

Io e mugghierama sgranammo i nostri occhi,
e pensammo che erano già tutti e due tocchi.

L'amicu ci spiegò: -*Anche il vino fa girar la testa,
così col suo uso omeopatico la vertigine s'arresta.*

*"Va bene anche il vino con l'acqua mischiato,
lu ciucciu non s'accorge e lo beve d'un fiato.*

*"Questa cura è miracolosa e fa subito effetto,
e Piruddu ricomincerà a tirar forte il carretto.*

*"Però a breve bisogna ripetere l'operazione,
e certamente si arriva tutti a destinazione."*

Però anche a me cominciò a girare la testa,
perché prima di cominciare finiva la festa.

Quando lu ciucciu si tracannava tutto il vino,
chi mi dava i soldi per compralo da Fino Fino?

- *"La miseria, allu ciucciu tamu lu mieru,*
stu mieru, ca è chiù preziosu ti l'oro veru!

"Lu mieru ca tantu bene faci alla salute,
cci lu fa fottere alla ciucciu cu sti bivute!"

- *"Uè cumpà ci allu ciucciu lu mieru no dani,*
no arrivamu a Spicchiodda mancu dumani!

"La cura è lu mieru, almeno qualche porzione
eti cuddu ca serve pi la sospirata guarigione:

"pi li vertigini va sbatte contra lu parete,
e no vuei fessa fessa cu ci scappa lu pete!?"

L'amicu disse ca poi l'acqua da sola bastava,
chè l'*effetto placebo* il giramento stoppava.

L' *"effetto placebo"* ci fece grande impressione:
veramente erumu in presenza di un dottorone.

Io mi rimangiai lo scritto dei versi miei,
riportati nel libro a pagina cinquantasei:

"È beddu fattu, è nu piruddu
e a ci lu porta è cchiù ciucciu di cuddu."

Pantaglioni era come pensava la gente:
era infatti buono e dotato di gran mente.

È vero che io scrissi quei sopra detti versi,
ma per dire che quei due non erano diversi.

ARRIVO E SISTEMAZIONE

Dopo che Colombo scoprì la nuova Terra,
poi la Spagna vi apportò infame guerra.

Noi invece all'apparir dell'azzurro-verde mare
gridammo: *"La nostra Specchiolla è da amare...!"*

Purtroppo quell'azzurro non ci appartiene,
ahinoi, perché non è un nostro amato bene!

Su progetto di Luigi Trizza nacque la borgata
di Specchiolla, la nostra spiaggia più amata,

e con i geometri Jaccarini, dotati di sensi artistici,
si disegnarono di Specchiolla i piani avveneristici.

Ormai dal cinquantatré settant'anni son passati
e della spiaggia siamo sempre più innamorati!

"Specchiolla" l'ha costruita con amore Trizza
ed il fatto che non ci appartiene assai frizza.

Ma ci sono i fedeli "Amici di Specchiolla"
che la penna portano sempre a tracolla,

e usando con tenace forza la sua punta
del paese vicino colpiscono la Giunta,

per l'offerta dei servizi molto carente
da parte di quell'esoso e taccagno Ente,

che si fa pagare pesanti tasse su tasse
per riempire vieppiù le proprie casse!

La natura sfolgora più bella in primavera,
sprizzando colori e odori in ogni maniera,

che fondendosi con la marina aria salmastra
attirano i turisti qui a Specchiolla e li incastra!

Da qui non vogliono poi mai più partire,
perché andar via di qui è proprio morire!

Finalmente arrivati vi costruimmo la baracca,
il mare frizzante, del viaggio, scacciò la fiacca.

Pantaglioni condusse subito a pascersi d'erba
Piruddu contento e sfoggiante un'aria superba,

convinto d'aver compiuto una grande impresa,
anche se la strada all'andata era tutta in discesa!

Poi sempre Pantaglioni si mise a cantare,
ma il suo modulare sembrava un ragliare:

"La mamma è priparata la puddica,
l'è chiena di chiapparini e pummitori...

l'è fatta cu lu granu di la spica,
ci viti è chiena casa pi l'ardori..."

Accompagnava il canto, il ciucciariello,
anche se in musica era proprio *asinello*,

e lo faceva con il suo solito rondò
che fa sempre io / io / io / io / io.

INTERMEZZO

PARLAMENTARI INCONTINENTI

Da quando sono nato,
ho sempre faticato:
che cosa ne ho avuto?
Misero son vissuto.

Invece in Parlamento,
scatta pronto l'aumento,
poi scatta con passione
la corsa alla pensione.

Oh Plato desolato…
tradito hanno il tuo *Stato!*
Il tuo era di Sapienti…
ora… d'Incontinenti!

"La Ragione di Stato",
è quanto è sgraffignato.
La gente che l a v o r a
vada pure in malora!

Non tutti son così,
ma la gran parte sì.

CATERINA

Caterina sembrava vivere in disparte,
in realtà assai preziosa era la sua parte.

Tutto dava per portar avanti la baracca,
in silenzio, senza battere mai la fiacca;

e lo faceva con passione e dedizione,
meditando, per operare cose buone:

come l'atleta bravo, ma non appariscente,
dà il proprio contributo di forza e di mente,

sicché la squadra può funzionare bene,
anche se lui appare poco sulle scene.

Caterina, tacita, agiva con alacre alterità:
la sua…era il riverbero dell'altrui felicità.

Andò a prendere aria e sole sulla scogliera,
la bellezza del mare la spinse alla preghiera.

Era felice; immerse nell'acqua i suoi piedi,
e sentì avere flussi di abbracci come rimedi

per i suoi stanchi arti; tutto intento a levigare,
come un marmoreo liquido, agiva il mare.

Pensò che era bello vivere in semplicità:
nelle cose schiette poneva la sua felicità.

Non aveva mai avuto grilli o capricci nella testa,
bastavano cose cordiali e genuine per far festa.

Proprio come l'azzurro mare del Salento
che i suoi pregi offre umile e contento,

che però va rispettato e ben conservato,
e con roba inquinante non va profanato.

Al culmine oramai era giunto il giorno,
e così Caterina alla tenda fece ritorno.

Il servire le dava tanta soddisfazione
e lo faceva con totale abnegazione.

Era il tempo giusto per servire il pasto,
per il mezzodì poco tempo era rimasto.

INTERMEZZO

RISPETTO, SIGNORI, PER LE DONNE!

Chi col proprio senno non è connesso,
e ha nella testa il pensiero malato
di tener la donna come possesso,
bene gli venga il cervello curato.

L'amore all'amicizia va abbinata
per meglio appagare più esigenze;
quando la propria metà è oltraggiata,
invece si ledono più esistenze:

rovina la propria donna e se stesso…
La prima legge sociale è il *rispetto*,
che se non c'è, tutto vien compromesso!

Il menage divien molto più corretto,
se all'amor ognuno educa se stesso:
l'amor, base d'ogni sano progetto.

STANISCI E IL BAGNO A MARE

Per Stanisci Caterina era la sua regina,
specie quando gustava la sua cucina.

il vino sapeva molto più saporito
se sulle sue leccornie era servito.

Allora pensò di ritornare da Caterina
per onorare la sua tradizionale cucina.

Ma è bene sapere come andò il suo bagno
e tutto ciò che successe come accompagno.

Ecco come lui stesso ne presenta il racconto,
e il conseguente sconcerto non di poco conto:

"Mi feci il bagno solo con le mutande
e andai dietro gli scogli da quelle vande.

"Ero convinto ca dietro quella scogliera
nessuno, o mascolu o femmana, c'era.

"Ma na milorda m'apparve e disse: - *Stanisci,*
non ti vergogni...proprio nel mare mi sta pisci!?

"Io sorpreso mi coprii giù, d'istinto presto,
ma Pantaglioni disse di non fare quel gesto:

'*Non le mani là; devi coprirti bene la faccia,*
laggiù abbiamo tutti la stessa robaccia!'

"Io risposi che ormai mi aveva riconosciuto,
non capivo come il mio nome aveva saputo.

"Allora ella si fece una grande risata
perché a quella *robaccia* era abituata:

- "*Ho cresciuto quattro fratelli*
e sono abituata a vedere uccelli!

"Ma io aggiunsi pronto e sornione:
- *Cu li fratelli tua non c'è paragone!*

"Ella rispose: - *Chi si vanta da solo,*
bello mio, vale quanto un fagiolo!

"Così dicendo dietro l'alta scogliera,
come la maga Circe, sparì la megera.

"Io mi so controllare anche con le megere,
sono sempre stato un signor cavaliere!

"Invece di fare ai suoi defunti na difriscata,
gridai che aspettavo mia moglie adorata.

"Una coscienza pulita è il cuscino migliore,
io a Caterina ho sempre donato il cuore!"

Dopo il bagno fece la solita riflessione
che gli procurava una certa afflizione:

*"Quannu soffia la tramuntana
mi sento una persona sana sana;*

*"invece quannu spira lu sciroccu,
pi li tuluri, ahimè, tuttu mi toccu!"*

Allora Stanisci ritornò alla baracca
per riempire ormai la sua vuota sacca.

Ma prima andò a prendere dalla *puzzedda*
lu buttiglione adagiato nell'acqua fredda.

Poi si sedette a tavola col suo compaesano
per gustare la parmigiana a piano a piano.

Subito avvertirono gli stimoli del bere,
e recitarono brindisi alzando il bicchiere.

INTERMEZZO

BACIO D'INNAMORATI

Un sol bacio schioccato in un momento
può far sbocciar un nuovo firmamento,
come il misterioso Bing Bang primiero
fece nascere l'universo intiero.

Un istante d'infinito che scocca
da un sussurro detto sulla bocca;
un giuramento da tempo aspettato
e con le parole "T'amo" timbrato.

Un'arte per far respirare il cuore,
che batte in modo folle a mille all'ora,
e un "apostrofo" dar d'eterno amore.

Cor cotto a fior di labbra l'alma implora
di libare tra le infinite aurore
un amor che duri mille anni ancora!

I BRINDISI E LU CUNCERTINU

Il primo fu per Caterina e le sue leccornie,
mai assaggiate nelle più fornite abbazie.

Poi un brindisi per lu ciucciu di Pantaglioni
sempre super bravo in tutte le occasioni.

(Altri brindisi…accompagnati dagli
sturnelli sanvitesi…)

Il vino aggiunge un sorriso all'amicizia,
facendo intonare i canti con viva letizia.

Mentre altri brindisi seguivano con il vino,
venne un festante e allegro cuncertino…

Fu veramente una gaia sorpresa improvvisa,
adatta come uegghiu e pummitori sulla frisa.

Un trio con chitarra, tamburru e argunettu,
con cui tutti si intonarono in modo perfettu.

Ed errò l'armonia sulle onde del mare,
come nei campi a lavorar si usava fare:

spontaneo sorgeva nei cuori un bel cantu
quando si lavorava col sole sopra l'antu.

Si lavorava allora dalla mattina alla sera,
salute e pane si chiedeva nella preghiera.

Il canto accompagnava il duro lavoro
per vincere la fatica cantando in coro.

Allora la campagna era amica e generosa,
e la fronda era sana e di per sé rigogliosa.

INTERMEZZO

LA PROTEZIONE DI SAN PASQUALE

Nei canti le brave contadinotte nostrane
un buon marito chiedevan assieme al pane,

e recitavano a san Pasquale Baylonne
una nenia come protettore delle donne:

San Pasquale Baylonne
protettore delle donne
mandatemi un marito
bello, bianco e colorito
come a voi, tale e quale,
o beato san Pasquale!

INTERMEZZO

LA CAMPAGNA E IL TEMPO

In me sempre un animo bucolico
dentro, specie al suon d'una melodica:
nessuna droga, nessun fumo alcolico
può dare tanta gioia spasmodica.

Ho amato sempre e di più la campagna
meditando le opere di grandi letterati,
che son profonde e belle, non una lagna,
anzi, sempre lasciano i miei sensi beati.

Adoro, anche se non bravo ortolano,
lavorar nei campi con la zappetta,
ma penso, triste, al motivo berniano:

...il tempo dice: me ne vo ho fretta,
tra i fior gli uccelli tornan da lontano...
ma io più non tornerò! **Che vil disdetta!**

Canto popolare

"Zumpa Ninella"

"Imu vinutu quani cu totta st'armunia,
cu vi facimu stari nu picca in allegria…"

Bastava poco per essere cuntenti e felici,
per sentirsi tutti allegri e sinceri amici.

Tutti si davano da fare perché ci fosse allegria,
e bandire in questo giorno ogni malinconia!

Dopo un po' l'argunetto sonava stonato,
ma con un po' vino il difetto fu eliminato…

era il suonatore che aveva bisogno di vino,
per continuare a portare avanti il cuncertino,

come abbisogna di benzina un motore,
per continuare a girare a tutto vigore.

L'ACCORDEONISTA BRILLO

Dopo alcuni bicchieri si sentì brillo
e impresse alla serata il suo sigillo,

sonando in modo brioso e all'impazzata,
e dando un frizzante impatto alla serata.

Si scatenò in un virtuosistico assolo,
facendo agire tutti in modo piazzaiolo.

Pure gli Angeli in ciel si misero sull'avviso,
a scorgere in terra un angolo di paradiso,

a sentire, nell'aere, musical onda vibrare
a cuncerto con lo sciabordare del mare,

in una starordinaria sinfonia melodiosa
in quella giornata stupenda e radiosa,

proprio a Specchiolla, località del Salento,
dove mare, cielo e terra sono un portento.

L'accordeonista mosso dallo spirito del vino
gorgheggiava anche con animo canterino.

Sognò gli Angeli fare un'offerta generosa:
nessuno sulla terra offriva mai qualcosa.

Allora fiatò ad un incuriosito ragazzino
che girasse attorno col suo berrettino.

Immaginava che gli angelici spettatori
fossero, di oboli generosi, dispensatori,

elargendo come mancia qualche soldino
che, però, vedeva solo nei fumi del vino.

Quando si stancò e si fu alquanto calmato,
ebbe solamente un po' di vino annacquato,

e come compenso per la sua estrosa esibizione,
ricche offerte di santini e valve da collezione!...

IL FILOSOFO

Si vide attraverso la folla un uomo arrivare,
sembrava un *filosofo* col vezzo di filosofare.

Aveva incolta barba e capelli lunghi,
sembrava proprio uno dei nibelunghi.

Dopo alcuni canti e qualche ballo,
quando ci fu un dovuto intervallo,

il *Filosofo* chiese e ottenne la parola
anche se era in compagnia festaiola.

Disse: *"Ci vogliono i sani divertimenti,
ma bisogna anche nutrire le menti,*

*"e resettarle sulle verità essenziali
così lo spirito può rimettere le ali.*

*"Per vincere le false suggestioni del male
nella vita non può mancare l'essenziale*

"che si concentra in questa verità:
siamo fatti per il cielo, eterna realtà.

"La scopriamo nella nostra coscienza,
verace guida della nostra esistenza."

Aggiunse: *"Importante questa terrena vita,*
dato che quella eterna su questa si avvita.

"L'una dell'altra sarà preciso prolungamento
che alla condotta morale avrà adeguamento.

"Da come sulla terra è stata condotta la vita,
in vero, con paradiso o inferno sarà retribuita.

Il tempo passa e la morte inesorabile viene,
allora ci sarà male al male e bene al bene:

dopo la morte il giudizio singolo è pronto,
la stessa coscienza ci presenterà il conto.

"La debole natura il Cielo ringrazia
perché ci dona la necessaria Grazia.

"Il mondo è molto malato di arrivismo,
e bisogna vincere il virus dell'egoismo.

"Ma per il mondo non ci sarà mai salvezza
se rimane chiuso nella propria limitatezza.

"La prima responsabilità del nostro destino
cade sull'abuso del nostro arbitrio ballerino,

"Il disordine morale è la radice di tutti i mali,
perché soffoca le buone esigenze naturali."

Infine fece mostra della sua erudizione,
declamando in latino la sua conclusione:

"...Quando al detto homo homini lupus
si sostituirà il detto homo homini deus...

"solo allora ci sarà la salvezza
nel mondo, nella sua interezza.

Proferite, il dotto *Filosofo*, queste parole,
invitò quindi noi tutti a bagnarci le gole.

Disse: "*A forza di parlare la gola secca,*
e un assaggio di vino proprio ci azzecca.

"*Si sa che dopo il dovere viene il piacere...*
che tuttavia, a misura bisogna tenere."

Dopo una così saggia e bella prolusione,
Stanisci fu spinto a sincera confessione:

"*Se non avessi del bere l'odiato difetto,*
sarei più accettabile, non dico perfetto;

e siccome nessuno può essere mai tale,
mi accontento di tendere a quell'ideale".

Il *Filosofo* fece cenno d'approvazione col capo,
mentre tendeva il braccio col bicchiere daccapo.

Stanisci col vino si fece un altro giro a tondo,
sembrava che la damigiana non avesse fondo;

e, sorpassando Piruddu che brucava muto,
s'accorse che rimase alquanto dispiaciuto.

Esso brucava l'erba verso la fine del giorno,
per avere le forze necessarie per il ritorno.

Se la strada in comoda discesa è all'andata,
al ritorno in salita la fatica è raddoppiata.

Per questo se ingurgitava un po' di vino
recuperava le forze brillanti del mattino.

In mente aveva come affrontare le salite,
passo cadenzato e forte come un oplite.

Certamente un aiutino sarebbe stato accetto
dal Filosofo che di forzuto aveva l'aspetto.

Non era alto, ma il fisico sembrava aitante,
ed una sua spinta era molto necessitante,

specie nella lunga salita di contrada Caselli,
dove meglio si va avanti a forza di puntelli.

Ormai il sole stava per terminare il suo corso,
e ognuno si preparava a bere l'ultimo sorso.

C'era però il tempo per una partita a carte,
per cui il filosofo sembrava aver fine arte.

INTERMEZZO

IL POZZO DI SAN PATRIZIO

Quando si vota non cambia il copione,
si fanno sempre le solite mosse:
c'è una gara a chi le spara più grosse
a chi dice balle a più profusione.

Si utilizzano promesse come esca,
e lo Stato, pozzo di san Patrizio,
i partiti lo mettono al servizio
di utili privati, in continua tresca.

I politici spesso cambian faccia,
ma della politica non cambiano gli atti,
distanti dalla gente che li taccia.

Non cambiano, non sono affatto matti,
e di tante prebende vanno a caccia.
Cruccia dirlo, ma questi sono i fatti!

(Naturalmente non tutti i nostri rappresentanti sono così!)

INTERMEZZO

PRIMA E DOPO IL COVID

L'uomo che dapprima si era ostentato
spavaldo e onnipossente si mostrava,
col Covid s'è scoperto limitato,
e non mostra più di aver gran fava.

Ma ritornare alla normalità,
dopo che il virus sarà debellato,
non sia una semplice formalità,
occor viver con animo cambiato.

Prima *deviare* era quasi *normale*,
ma non si può tornare a tal condotta:
necessita conversione dal male.

La mente sulla Verità tien botta,
che è l'unico Bene che sempre vale,
per orientar verso il meglio la rotta.

L'AFFABULATORE

Uno spettatore, con la voglia di raccontare qualcosa facendo da controcanto al Filosofo, prese la parola, ma non parlò di religione bensì di religiosità intrisa di superstizioni, offrendo brevi racconti, novelle, cunti e *culacchi* (racconti sconclusionati o inverosimili) riguardanti il mondo dei contadini che nella prima metà del secolo scorso rivolgevano "attacchi" al ceto padronale e clericale che allora dominava, sfruttando i poveri braccianti.

Le narrazioni "Sono in prevalenza a sfondo anticlericale e antipadronale…essendo un'aperta critica e una, seppur bonaria, condanna del prete-padrone…

"I contadini dell'epoca erano critici verso i preti e i padroni non perché fossero ribelli e miscredenti…ma perché subivano le angherie di quel ceto padronale…che praticava un'agricoltura di rapina, profittando non sugli investimenti, ma sul semplice sfruttamento della terra e sulla manodopera a basso costo.

"I racconti, le novelle, i culacchi, le filastrocche e le barzellette, con il loro contenuto satirico, erano l'unico strumento a disposizione dei popolani per sfogare la rabbia repressa senza incorrere in pene e condanne…Insomma servivano ad alleviare le sofferenze della povera gente, senza conseguenze per nessuno: i criticati se ne curavano poco o punto (spesso ridevano anche loro) e i criticandi si sentivano appagati, sebbene le loro critiche non si traducessero mai in fatti concreti. In altre parole sono le novelle dei vinti, dei sottomessi, che non riescono o non vogliono liberarsi dal ferreo gioco che li opprime. Sono le novelle delle vittime di una società arcaica e padronale, che concedeva una sola possibilità di rivalsa: la satira per denunciare, attraverso lo scudo asettico della narrazione anonima, le angherie e i soprusi ingiustamente subiti…

"Il mondo dei braccianti-contadini era il mondo della realtà concreta, invece quello delle donne e delle mogli era il mondo fiabesco, e in particolare quello magico e soprannaturale. Un mondo quest'ultimo dove si raccontava di "masciare", di scarcagnuli, di Anime sante e degli incontri misteriosi con gli esseri dell'oltretomba…

"Detto questo, però, occorre pur dire che le donne e le mogli del mondo contadino non erano esseri con la testa sempre fra le nuvole o completamente affascinati dal magico e dal mistico ultraterreno. Quando le incombenze quotidiane bussavano alla porta sapevano mettere subito i piedi per terra e diventare mogli e madri impareggiabili, dedicandosi con saggezza e acume profondo alla conduzione della casa, tanto da essere, senza ombra di dubbio, il vero pilastro di tutta l'architettura famigliare. Le fantasticherie e il soprannaturale, insomma, servivano solo come svago, sebbene fossero una realtà intensamente vissuta e accettata."[*]

_____

[*]Giuseppe Cassini, *Novelle popolari salentine*, capone Editore, Lecce, 2016, Introduzione pp. 9-11

RACCONTO

IL SAZIO E IL DIGIUNO*

La maggiore risorsa di Cicuredda era l'elemosina.

I cittadini benestanti per sentirsi tranquilli con la loro coscienza e per coerenza con la loro fede religiosa praticavano l'elemosina. Avevano per così dire, i loro assistiti fissi ai quali davano tutte le mattine un soldo. Non era molto, anzi, però, anni fa, si poteva comprare una fetta di pane, garanzia di non morire di fame.

Cicuredda era tra questi "fortunati"; era cliente di un possessore di terre e di case soprannominato "Panzone" a causa della sua prominente pancia.

----

*Il seguente racconto è una libera ricotruzione del brano "Cicueridde" contenuto a p. 35 nel libro di Giuseppe Cassano, *Racconti pugliesi di ieri e di oggi,* Mario Adda Editore, Bari, 1993.

Ogni mattina, aperto il portone, Panzone si trovava di fronte Cicuredda che augurando buon giorno, stendeva la mano. Poi si svolgeva il solito rituale con l'inserimento, da parte di Panzone, del pollice e dell'indice della mano destra nel taschino sinistro del panciotto e la presa del soldo che con ostentazione era posto nella mano del cliente che augurava "defriscke", cioè pace per le anime dei morti.

A volte il poveretto, siccome il soldo veniva lanciato in alto, doveva prenderlo a volo con destrezza.

Arrivate le fresche e piovose giornate autunnali, Panzone decise di cambiare e disse: "Cicuredda, tra pochi giorni questo mese finisce. Ti ho sempre aiutato e voglio continuare ad aiutarti, ma... invece di farti venire ogni mattina, ho pensato che sia meglio per me e per te, darti tutto in una volta quello che ti spetta per l'intero mese. Va bene?"

Cicuredda, sognando già tutti quei soldi, accettò felice.

Giunto il primo del mese, che era di trentuno giorni, Panzone consegnò a Cicuredda trentuno soldi con la raccomandazione che doveva spendere un soldo al giorno.

Cicuredda con tutti quei soldi in mano si sentì ricco e mandava i soliti "defriscke" per l'anime dei morti.

Mise in tasca i soldi e, ben proteggendoli con la mano, si diresse verso casa, si sdraiò sul letto e si appisolò e, fantasticando, pensò di fare quella sera un giro per le vie del paese.

Per festeggiare l'avvenimento la fetta di pane quella sera voleva accompagnarla con qualcosa, ma che cosa?

Lu lampiunaru stava accendendo i lumi con i quali si tentava di rischiarare la incombente oscurità e Cicuredda volle farsi un giro per le vie del paese per soddisfare la fame con qualche piacere.

Davanti alla vucceria il beccaio aveva acceso i carboni per preparare l'arrosto e ad un certo momento cominciò a gridare: "Tre 'gnummarieddi' due soldi…"

Tante sere Cicuredda aveva ascoltato quel grido, ma non l'aveva mai preso in considerazione: non era roba per lui e poi dove trovare i soldi?

Ma quella sera da tale grido il poveretto si sentiva attratto sempre di più e fantasticava: ma come sono questi gnummarieddi, sono veramenti buoni?

E sempre concludeva che, per togliere ogni dubbio, era necessario mangiarli. Se non li mangiava cosa poteva dire?

Senza accorgersene si trovò davanti agli spiedi che diffondevano un profumo che gli sollecitò l'avvicinamento e subito mise fuori una moneta da due soldi e la dette al beccaio che con circospezione porse a Cicuredda tre gnummarieddi avvolti in un pezzo di carta ruvida e gialla.

Quando fu in un luogo appartato Cicuredda mise in bocca un pezzo dopo l'altro: come erano buoni "li gnummarieddi"! Che delizia! La bocca gli restò lubrificata e più volte si leccò le labbra.

Per una simile delizia poteva benissimo digiunare per un giorno, dato che alla fine del mese gli sarebbe mancato un soldo.

A metà del mese c'era la festa padronale e Cicuredda era solito andare al centro del paese per ascoltare la banda e poi in periferia per ammirare i fuochi artificiali insieme al suo amico nomato Pipinu per il suo carattere frizzante e spesso scontroso e pungente, la cui attività principale era quella di raccogliere cozze, cozzelle e cuzzuni. Attività precaria anche la sua e perciò pure per lui la maggiore risorsa era l'elemosina.

Era assistito da un altro benestante che ogni settimana gli dava sei soldi.

Una sera della festa Cicuredda e Pipinu si incontrarono presso la vucceria e passeggiando parlarono delle loro ultime vicende. Cicuredda raccontò all'amico dei trentuno soldi ricevuti da Panzone e della bontà dei gnummarieddi provocando nelle loro bocche l'affiorare dell'acquolina.

Ad un certo momento Pipinu disse:

- *Poiché sono così buoni perché non mangiamo tre gnummarieddi per ciascuno? È festa anche per noi!*

- *E chi paga?*

- Io soldi non ne ho. Pagherai tu che ne hai tanti: me li devi solo prestare e sabato quando don Pasquale, mio benefattore, mi paga te li restituirò.

Cicuredda dimentico delle raccomandazioni di Panzone e, anche perché già pregustava il sapore degli involtini in bocca, abboccò all'amo.

In pochi attimi, quasi attirati da una calamita, si avvicinarono al fornello e si fecero offrire i cartocci profumati e si allontanarono: uno dopo l'altro gli involtini sparirono dalle loro dita che leccavano quasi volessero mangiarsele.

E Pipinu: - *Perché non ce ne mangiamo altri tre per ciascuno?*

Tanto disse che Cicuredda finì col cedere.

Di nuovo davanti agli spiedi e poi al solito posto dove gli involtini subito sparirono e si rinnovò il rito finale del leccarsi labbra e dita.

Ma Cicuredda, incautamente, otto soldi aveva sottratto al suo capitale e quando i due si separarono ricordò all'amico i soldi prestati e vivamente raccomandò la restituzione.

-*Stai tranquillo. Sabato ci vedremo e ti restituirò i quattro soldi prestati, più due soldi di interesse* - assicurò Pipinu.

Il giorno stabilito Cicuredda attese invano. Di Pipinu nessuna traccia né quel giorno né i giorni seguenti.

Pochi giorni mancavano alla fine del mese e Cicuredda fu costretto a stendere la mano e a chiedere l'elemosina perché aveva finito i soldi.

Si sentiva rispondere che i soldi doveva chiederli a Panzone di cui era cliente fisso.

Non trovando via d'uscita e sotto l'impulso della fame decise di chiedere aiuto a Panzone e si presentò davanti al suo benefattore che uscendo di casa se lo vide davanti ed esclamò:

- *Come già sei qui? Cosa vuoi? Non ti ho dato tutto quello che ti spetta per l'intero mese?*

- Sì, me l'hai dato. Ma…

- Ma che cosa?

- Li gnummarieddi, Pipinu…

- Non m'importa dei gnummarieddi, non m'importa di Pipinu: ti ho pagato per tutto il mese!

- Lo so mi hai pagato. Ma io nulla voglio per questo mese.

- Allora cosa vuoi?

- Voglio un acconto per il mese venturo!

- Niente acconti, niente anticipi. Anzi dal mese prossimo si torna al vecchio sistema: ogni giorno un soldo. Vai via, fatti vedere al primo del mese. I patti si rispettano!

Cicuredda, tornato a casa, meditava e diceva tra sé:
- È proprio vero, il sazio non crede al digiuno.

Quella notte non riusciva a dormire e siccome faceva caldo pensò di dormire fuori all'aperto e senza accorgersene prese la strada che portava alla casa di Panzone per riposare presso un portone vicino a quello del suo benefattore.

Quando l'inserviente avesse portato fuori la spazzatura avrebbe rovistato dentro il sacchetto con la speranza di trovarci qualcosa da mettere sotto i denti.

Per il caldo tutte le finestre erano aperte e da quella del balcone del primo piano uscivano chiare le parole pronunciate dentro la stanza.

Panzone, chiamato il capocuoco, gli chiese cosa avesse preparato.

- *Le bottiglie di vino sono già sulla tavola* - rispose - *per onorare il primo piatto di un favoloso timballo di maccheroni.*

- *E poi?*

- *Poi un galletto di primo canto cotto al forno con adeguato contorno.*

- *E poi?*

- *Spiedi di gnummarieddi cotti sulla brace, di agnello lattante.*

- *E poi?*

- *E poi salumi e formaggi, dolci e frutta e infine un liquoretto.*

- *Bravo, possiamo cominciare!*

Dopo la lauta cena Panzone, con il ventre più pieno che mai, si fece accompagnare nella camera da letto. Aveva bisogno di riposare, mentre gli inservienti pulivano e mettevano tutto a posto.

Dopo poco tempo Panzone cominciò a chiamare e a chiedere aiuto perché si sentiva male e accusava dolori di pancia e mal di testa.

Chiese che gli dessero qualcosa per calmare i dolori.

Chiese poi di essere accompagnato sul balcone adiacente, per fare due passi; per respirare meglio.

Infatti con la brezza che gli giungeva in viso, appoggiato al parapetto, gli pareva di stare un tantino meglio. Ma non cessava di lamentarsi, e implorava l'aiuto celeste.

Intanto Cicuredda, che si era addormentato sul marciapiede, si svegliò e, sentendo voci che venivano dall'alto, guardò e... vide Panzone.

- *Signore, signore!* - diceva - *ho fame, buttami qualcosa da mangiare.*

- Con forza di volontà Panzone ascoltò la voce che veniva dalla strada e chiese:

- *Cosa dici, cosa vuoi fratello?*

- *Ho fame, buttami qualcosa da mangiare, è dall'altro ieri che sto a digiuno.*

- *Stai digiuno? Oh! Che gran fortuna che hai! Fratello fortunato sei!*

- *Ma io ho fame, mi sento morire.*

- *No, fratello, tu non puoi morire se stai digiuno. Io sì... ho paura di morire perché ho mangiato!*
Quanto volevo essere nei tuoi panni, quanto volevo stare digiuno!

Poi Panzone, rivolto ai suoi assistenti, li pregò di ricondurlo nella sua camera e ripeteva dentro di sé a più riprese:

- È proprio vero, il digiuno non crede al sazio!

Gli attenti ascoltatori che avevano seguito con curiosità, anche per riflettere sulla morale del racconto, applaudirono e aprirono un dibattito in cui alcuni difendevano Panzone dicendo che i patti vanno rispettati e altri lo criticavano per la durezza di cuore nei riguardi di un affamato.

Ma alla fine tutti furono d'accordo sulla locuzione latina "In medio stat virtus" il cui significato letterale in italiano è: "la virtù sta nel mezzo".

Locuzione citata dal Filosofo per meglio sottolineare la morale del racconto ed invitare a ricercare l'equilibrio, che si pone sempre tra due estremi, pertanto al di fuori di ogni esagerazione.

Infatti, se ci fosse stato equilibrio nel comportamento di Panzone e Cicuredda, nessuno dei due avrebbe esclamato:

È proprio vero che il digiuno non crede al sazio, il primo;

È proprio vero che il sazio non crede al digiuno, il secondo.

Tutti e due avevano esagerato nel vizio della gola, pur avendo Cicuredda delle attenuanti.

Infine, quasi ad invocare una giustizia migliore e ad allontanare lo spettro della miseria, augurandosi giorni sempre più sereni, tutti acclamarono una bella *mbivuta* generale.

E così sia.

IL RIMATORE E LA FESTA FINALE

Proprio allora si presentò un personaggio,
 ancora in tempo per un ultimo assaggio;

era conosciuto come un bravo *rimatore*,
che di spassose rime era pronto creatore.

Appena si pronunciava una parola,
di rime ne trovava una gragnuola;

sempre, si capisce, per quel certo fine,
d'aver un bicchiere di liquido di cantine.

Formava dei motteggi ironici e divertenti,
per tenere gruppi di amici briosi e contenti.

Rispondeva così a chi diceva la parola "castello":
- *Chi beve poco è vivace e gaio come un uccello.*

A chi gli proponeva la parola "buttiglione":
- *Chi beve giusto diventa forte come un leone.*

A chi poi pronunciava la parola "marinaro":
- *Chi beve molto diventa fiacco come somaro...*

Piruddu s'agitò e gli occhi contro gli puntò,
e col pensiero minacciò un calcio nel popò.

Ma da Pantaglioni fu subito calmato:
"Il poeta una rima ha solo applicato!

"Non voleva certo insultar la razza dei somari,
che per il loro duro lavoro a tutti sono cari".

Oramai la sera così rosseggiava sul far del tramonto
che nessun altro spettacolo ne reggeva il confronto.

E per terminare la serata con un gran finale,
si organizzò un allegro e festoso baccanale.

E cosa c'era di meglio d'una pizzica paesana
che fa saltare tutti dalla giovane all'anziana?

La pizzica è una catarsi ed è una cura forte,
per scacciare la tristezza e la cattiva sorte;

ha un sanvitese antico valore terapeutico,
e di un buon ritorno a S. Vito è propedeutico.

(musica: pizzica finale)

LA PIZZICA E I GRUPPI MUSICALI

La pizzica è una danza popolare che si intreccia e si confonde col nome più noto di tarantella sia sul piano musicale sia su quello coreutico.

Era essenzialmente una danza ludica dei momenti di festa e di convivialità sociale, ma veniva praticata durante i rituali terapeutici dai morsicati dalla tarantola.

Vari gruppi musicali hanno riproposto la pizzica con l'intento di tramandare una cultura contadina, fatta di valori come il lavoro, il sacrificio, l'amicizia, la fedeltà, la famiglia, la ribellione allo sfruttamento e alla miseria.

Infatti si avverte *"il rimpianto per la cultura dei nostri nonni che molti di noi hanno respirato nell'infanzia e che andava perdendosi: i canti dei lavoratori nei campi, dei carrettieri, delle lavoratrici della industria del tabacco, le stornellate, il grido dei rivenditori ambulanti, i concertini con voce, chitarra e mandolino delle serenate, i colori, le armonie ed i ritmi delle 'tarantate'."* (Cfr. lo scritto di Vito Di Viesto riportato nella pagina Giugno 2010 del

Calendariu Sanvitese, realizzato dagli Amici di Marco Marraffa. Stampa: Virus s.n.c.)

Riporto i gruppi musicali con i quali ho avuto una qualche esperienza con i relativi componenti scusandomi per le inevitabili dimenticanze.

-Gruppo "Folk Studio" (Pro loco).

Direttore: Vito Di Viesto

Capogruppo: Antonio Prete

Musicisti: Federico Di Viesto, Giuseppe Lanzillotti (mandolino), Vincenzo Cucci, Gino Punzi (fisarmonica), M° Costantino Vita (violino), Ugo Platania, Mimino Del Giudice (chitarra), Lino Rondini (basso elettrico), Antonio Barnaba (tamburo), Emilia Platania.

-Gruppo "La Taranta"

Responsabile: avv. Ciro Romano

Capogruppo: Enzo Carella

Musicisti: Giuseppe Lanzillotti, Pietro Conversano (mandolino), Gino Punzi (fisarmonica), Angelo Arpino, Giovanni Del Vecchio (chitarra).

Voci soliste: Titina Fasano e Lino Sabatelli.

Ospite: Generoso Pagliara (organetto).

Presenti nel corpo di ballo: Gabriella e Paola Carlucci. Presentatore: Raffaele Romano.

-Gruppo "Il Garofano Rosso" (AICS).

Responsabile: Marco Marraffa.

Musicisti: Mimmo Epifani (mandolino), Mario Epifani (fisarmonica).

Tutti i musicisti appartenenti ai vari gruppi sanvitesi su riportati hanno collaborato con il "Gruppo Folk" della Chiesa di san Francesco, parroco padre Angelo Bafaro.

Soci dell'associazione "Arcobaleno" presenti nei vari gruppi:

Vincenzo Cucci, Vito Di Viesto, Antonio Prete, Ugo Platania, Emilia Platania, Gino Punzi, Raffaele Romano, Marco Marraffa, Vincenzo Gagliani (Taricata), Gabriella e Paola Carlucci.

Ringrazio il prof. Gino Punzi per i dati informativi su riportati.

Gruppo "La Taricata"

"Il gruppo […] ha saputo riproporre, armonizzandoli, diversi aspetti della nostra identità culturale locale con un lavoro di ricerca paziente e lungo quaranta anni, centrato su testi di canto e musiche popolari, danze tradizionali come 'pizzica' e 'tarantata', cadute in desuetudine e recuperate nell'ultimo decennio. Il recupero e la riproposizione all'attenzione del pubblico di questi elementi va segnalata come interessante e meritoria operazione culturale." (Taricata: un patrimonio vivo di Pino Cecere senior in *Salento in canti* a cura di Mario Ancora, Secop edizioni, Corato (Bari), 2017, p. 8.

"Mario è stato il sacerdote della tradizione, rispettandone forma e contenuti. È stato ricercatore indefesso di antichi motivi e di persone che di questa tradizione sono ancora parola vivente." (<u>Mario Ancora: tra radici e continuità</u> di Benito D'Agnano in *Salento in canti*...p. 10).

Fondatore: Mario Ancora

Conduttore: Lorenzo Caiolo

Componenti: Mario Leo, Silvana Gagliani, Antonio Ruggiero, Generoso Ancora, Pino Ligorio, Franco Gagliani, Gina Ancora, Lorenzo Caiolo, Mimmo Epifani, Savino Anglani, Rocco D'Urso, Pino Epifani, Benedetto Gioia, Mimmo Gialluisi, Giuliana Gagliani, Salvatore Ancora, Vincenzo Gagliani, Stefania Ancora, Nico Berardi, Fabio Di Viesto, Fabrizio Nigro, Piero Errico, Daniel Bulgaru, Adama Zoungranà, Mina Vita.

PARTE SECONDA

PUGLIA E SICILIA SORELLE NELLA BELLEZZA

Goethe visitando anni orsono la Sicilia,
trovò che è una straordinaria mirabilia:

" *È in Sicilia che si trova la chiave di tutto…*",
ma anche la Puglia è così dappertutto!

"*La purezza dei contorni, la morbidezza d'ogni cosa*",
ma la Puglia invero ne è una variante meravigliosa!

"*La cedevole scambievolezza delle tinte*",
che qui in Puglia all'infinito sono spinte!

"*L'unità armonica del cielo col mare…*",
ma la Puglia per essi è un lungo altare!

"*Chi li ha visti…li possederà per tutta la vita*".
Ma Goethe, senza volerlo, hai la Puglia scolpita!

Da sempre chiunque la Puglia ha visitato,
minimo è rimasto sorpreso e incantato.

E Federico II costruiva il suo arcano Castello,
in una terra misera e priva di qualsiasi orpello?

Una terra oltremodo attraente e intrigante,
di pregi e suggestioni sempre palpitante!

Siete mai stati sul limitare di Finibus Terrae?
Qui si aprono davanti al mare le salentine serre,

poi è come si aprissero le acque del Mar Rosso
per un viaggio infinito con la felicità addosso!

C'è a guidarvi il bianco ultimo faro d'Italia
che nel suo tacco estremo di più ammalia!

Per cultura e natura non si può volere di più,
solo qui si può "volare nel blu dipinto di blu".

Ma attivate nel mare le brutte trivelle,
faranno volare via le sensazioni belle.

Le concessioni per estrarre idrocarburi
saranno foriere di molti disastri futuri:

ché le attività estrattive sono conflittuali
con quelle legate alle bellezze naturali.

Il nostro sviluppo poggia sul turismo
che sarà rovinato da questo abusivismo.

La Bellezza è molto gradita alla vista
e la Sicilia certamente ne è provvista.

Ma la Puglia oltre ad offrire bellezza,
è soffusa di soave, estasiante, dolcezza!

La venustà è più accetta e gradita agli occhi,
ma tu, Puglia, in più, con grazia l'animo tocchi:

perché si viene qui per una scelta di vita,
in cerca di un senso ed espansione infinita.

Si sceglie di vivere con una presunta lentezza,
ché la vita così è sana e piena di contentezza!

Qui è il luogo connaturale per l'abitare umano,
perché aiuta a forgiarsi uno spirito francescano.

La via Appia e la Francigena portano al Salento
che può essere base di un grandioso evento:

essendo la fatidica porta dell'Oriente,
è qui che la pace può essere vincente.

Da qui parta la crociata della condivisione
che è storico marchio di tutto il Meridione:

il piacere nostrano del "mangiare assieme"
di unioni, legami e rapporti crei la speme!

Salento, terra dell'ospitalità e dell'unione:
da qui può partire l'Europa in comunione,

per portare davvero pace nel mondo,
sferrando da qui il decisivo affondo!

La cultura mediterranea qui è solare ed accogliente
e si rivela nella realtà umana e fisica dell'ambiente.

Il Sud è il lascito di antica civiltà mediterranea
che in ogni persona vede un'ospite conterranea!

Nell'empatica gente c'è l'umanità della bellezza,
che qui s'incarna nella piacevole amorevolezza!

Salentu: lu sole, lu mare, lu jentu.
Ci veni qua vive beatu e cuntientu.

NOTE

LODI DI SCRITTORI INGLESI PER L'ITALIA

"L'Italia è la scuola ed il cortile del mondo", così E. M. Forster (1879-1970) lo scrittore inglese autore del *Passaggio in India* e *Camera con vista*, definiva il nostro Paese.

"Una meraviglia di città dense di patrimonio artistico, di stili architettonici diversi ed originali, piene di ricette e cibo prelibato, circondate da incantevoli paesaggi e dal clima mite che induce alla gioia di vivere".

Per il dr. Samuel Johnson (1709-1784) un altro scrittore inglese del 1700, "l'uomo che non è mai stato in Italia è sempre cosciente di una inferiorità".

PARTE TERZA

LA SVENTURA DELL'ITALIA DIVISA

Arriverà, prima o poi, sul tavolo del Consiglio dei Ministri la richiesta del Veneto, e non solo, di trattenere per sé tutta la ricchezza regionale, lasciando le altre regioni in difficoltà e costrette, quindi, ad alzare le tasse locali. Composta in data 29-1-2019.

Chi al Nord proclamava "Roma ladrona"
poi, lesto, intascava in prima persona.

Chi governa non pensa al bene comune,
ma, sovente, per far private fortune,

e chi governa per far solo consenso,
è causa di un deficit assai immenso:

si è sempre in campagna elettorale
promettendo spese pensate male.

Il federalismo cosiddetto differenziato
accresce tra Nord e Sud lo steccato,

e così l'Italia tutta non si sviluppa
e nell'arretratezza più si avviluppa.

L'Italia era quinta potenza mondiale,
ma con questo deficit andremo male.

L'Italia si trova eternamente nei guai,
da noi le cose non s'aggiustano mai.

Il Nord vuol tenersi la *sua* ricchezza
conservando il Sud nell'arretratezza;

ricchezza fatta però nell'Italia unita,
che per il Nord è soprattutto servita.

L'Italia del sud con poco è *assistita*,
ma essa non vuole *l'assistenza* a vita.

Poi si osa d'accusarla d'arretratezza
da chi governa senza avvedutezza.

I benefici ottenuti dall'Italia unita,
come ricchezza a sé attribuita

il Nord vuole, non l'indipendenza,
se no perde tutta la *provvidenza!*

E i governi sulle povere masse
innalzano sempre più le tasse,

tra i poveri bisogna trovar i contanti:
essi hanno poco e però sono tanti!

Pur le classi medie ormai sono tali,
diventano sempre di più marginali.

La società tiene ormai due picchi:
molti poveri e solo pochi ricchi.

Chi la ricchezza all'estero esporta
la mantiene ermetica sotto scorta.

Nei conti esteri di chi la possiede
mai il fisco riesce a metter piede.

A volte si è costretti a non versare:
non si può le alte tasse sopportare!

Il governo per il Sud ben poco spende,
e l'incolpa se allo sviluppo non tende.

Con la imparità infrastrutturale
i servizi al Sud funzionano male.

Tutti gli Stati hanno delle Costituzioni
che dettan per tutti stesse condizioni!

Poi tutte le regioni posson far da sé,
ma partano tutte con lo stesso piè.

Togliamo prima le disuguaglianze,
e solo dopo si aprano pure le danze!

Meridionali vi volete svegliare?
Vere eccellenze avete saputo fare

soltanto con i fondi europei ricevuti,
poiché quelli nazionali si son perduti!

Se pur con l'Europa non si riga dritto
l'Italia va sempre più giù a capofitto.

Chi va al potere, ahimè, è senza cuore:
non ci fa sognare un'Italia migliore!

Con le regioni ricche in secessione
tutta l'Italia va giù in retrocessione.

Bisogna intervenire per ridurre le distanze,
se no si spacca l'Italia senza più speranze.

Si vuole ancora più *diritti* per i ricchi,
ma perché? Soltanto perché più ricchi!

Cittadini più divisi in serie B e A:
siamo alla barbarie e all'inciviltà!

PARTE QUARTA

RACCONTO

IL FUMO SI PAGA COL SUONO

La voce narrante è di Vitantonio Stanisci

Stanisci: *Rendere pan per focaccia* è un detto che si applica bene a un episodio che è capitato a un mio amico di nome Cicuredda.

Costui era un pover'uomo che nei mesi favorevoli raccoglieva e vendeva cicorielle, ma ricavava poco e qualche giorno si doveva accontentare di un tozzo di pane.

Quando si ha molta fame non si respinge nulla, è vero, ma il pane senza companatico certe volte non scende proprio giù e ci vuole *nu spincituru*.

Una mattina Cicuredda, col suo tozzo di pane in tasca, passò davanti ad una finestra di un forno da cui uscivano profumi deliziosi che lui sentì più in bocca col gusto che nel naso con l'olfatto.

E gli venne l'acquolina in bocca.

Allora pensò di mangiare il tozzo di pane con lo *spincituru* dei profumi provenienti dal forno forse da *quandiere* piene di carne e patate fumanti. Non era roba per lui, ma i profumi nessuno glieli poteva togliere. Quei profumi che potevano avvolgere il suo pane e dare l'illusione di insaporirlo.

Le *illusioni* aiutano a vivere…e anche a spingere giù i bocconi!

Cicuredda tornò indietro e, raggiunto di nuovo il forno, cominciò a gustare il pane ai profumi, appoggiato alla finestra.

Il fornaio si accorse del fatto e, quando Cicuredda stava per addentare l'ultimo boccone, uscì sulla porta del forno e si rivolse al pover'uomo con le seguenti parole:

"Hai mangiato con gusto il pane, ma grazie ai miei profumi che hanno appagato con piacere il tuo palato perché hanno reso *profumoso* il pane. I profumi però il mio forno non li offre gratis e quindi vanno pagati, perché sono stati sfruttati con uno specifico fine e non colti di passaggio".

Cicuredda rimase a bocca aperta, tanto sorpreso da una simile richiesta che, se poteva, avrebbe restituito i profumi dato che non aveva una lira. Poi, mai, simili profumi avevano avuto alcun valore di mercato e quindi un prezzo.

Un avvocato, che si trovò a passare, informato del fatto, non si pronunciò perché non pensava che ci fosse alcuna norma del Diritto che riguardasse un simile caso.

Certamente ci doveva essere qualcosa ad hoc perché l'Italia è famosa per il suo positivismo giuridico capace di sfornare una giungla di regole tra norme, decreti leggi, regolamenti, circolari, ordinanze, istruzioni, raccomandazioni, prassi operative ecc. più variabili della pelle del camaleonte.

Una volatilità giuridica tanto spinta da mettere in dubbio la certezza del Diritto e da rendere endemica la corruzione e fiacco lo sviluppo economico-sociale del Paese aggravato da una burocrazia lenta e farraginosa più pronta a negare che a dare autorizzazioni.

Non parliamo, poi, della discrezionalità. Magari ci fosse un unico Stato nella Penisola. Ormai le Regioni pretendono di andare per conto proprio: Regioni contro il Governo. Il

116

Governo contro le Regioni. I Comuni contro le Regioni. Le Regioni contro i Comuni. All'infinito...

Ognuno fa di testa sua proprio a causa di questa inflazione normativa e amministrativa dove la discrezionalità dei detentori di macro e mini poteri regna indisturbata.

A questo punto è d'obbligo fare riferimento alla famosa locuzione latina di Tacito (*Annales*, libro III, 27) "Corruptissima republica plurimae leges" che significa: "moltissime sono le leggi quando lo Stato è corrotto". Quando lo Stato è molto corrotto e la legalità viene meno, le leggi si moltiplicano, perché sono create non più una volta sola per il bene comune ma *ad personam* e *ad hoc*: negli interessi di mille singoli corruttori in mille situazioni di vantaggio personale o territoriale.

Nel Vecchio Testamento al Re e Signore dell'Universo per guidare il mondo bastavano 10 (dieci!) comandamenti, addirittura ridotti a due soli nel Nuovo Testamento, ma tanto complementari da essere considerati alla fine un solo comandamento!

Eccoli in breve: "...amerai il Signore tuo Dio con tutto il cuore, con tutta la tua anima, con tutta la tua mente e con tutta la tua forza." (il primo);

"Amerai il prossimo tuo come te stesso." (il secondo – Mc 12, 29-31)

Poi siccome il vero cristiano deve "vedere" il Signore nel prossimo, i due comandamenti si riducono appunto ad uno solo!

Una sola "Legge" contro un labirinto di leggi: oltre 150 mila! (con riferimento solo alla legislazione fiscale)

Evidentemente Dio segue una strada diversa da quella umana: Dio tende ad unire, l'uomo a dividere. I Dieci Comandamenti, infatti, (escludendo i primi due) hanno una valenza etica che può essere accettata da qualunque persona, a prescindere se sia credente o no.

In Italia abbiamo la più sterminata letteratura fiscale.

Non è umanamente sopportabile la cifra finale di ore necessarie all'apprendimento dei continui balzelli nazionali tanto che, al ritmo di lettura di 60 pagine al giorno di prosa complicata e di cinque ore abbondanti dedicati, si rimane stroncati anche da parte dei più esperti pazienti. (calcolo effettuato da un cattedratico genovese)

E si badi bene che è stata presa in considerazione solo la biblioteca fiscale nazionale, perché se si prende in esame anche la fitta produzione fiscale locale chiunque getterebbe la spugna.

Occorre semplificare, togliere, rendere agile il contesto civile ed economico: ma sembra che nuove norme appesantiranno il corpus esistente.

Mentre nei Paesi del Nord Europa sono in vigore circa 5.000 leggi, in Italia ne abbiamo oltre 150 mila, 30 volte tanto: come si fa a non concludere che il cittadino italiano è considerato un suddito da vessare?

Ogni riforma in materia impositiva sfocia in un aumento complessivo della pressione fiscale, cioè in un disincentivo a produrre e a impegnarsi.

Un noto economista ha scritto che "le imposte sono i reumi degli stati, le malattie dei vecchi". Significa che uno Stato che discute sempre di tasse, non ha molto da vivere, al meglio ha un avvenire poco fulgido davanti a sé.

Una battuta: l'Italia è l'unico paese in cui vi sono *più imposte che finestre!*

...

Comunque tornando alla nostra situazione problematica, riguardante Cicuredda, l'avvocato si tirò fuori al momento e disse che le parti potevano passare dal suo studio per esaminare bene la questione.

Intanto sul luogo del diverbio si erano avvicinate altre persone e tra queste c'ero anch'io (Stanisci) di ritorno dalla cantina.

Informato del fatto, presi le difese dell'amico Cicuredda riconosciuto da tutti per uomo onesto.

Il molto vino fa male, invece a me delucida la mente che subito si illuminò intravedendo come risolvere il diverbio, e come rispondere a tono alle insinuazioni del fornaio nel caso si stesse trattando di uno stupido scherzo alle spalle dell'amico.

Chiesi a Cicuredda se aveva, per caso, una moneta in tasca. Ero consapevole della sua risposta negativa e quindi la mia era stata solo una domanda a lui rivolta per avere l'abbrivio di rivolgere la stessa domanda al fornaio, il quale rispose che ce l'aveva la moneta, ma non capiva il senso di una simile richiesta e l'uso che ne avrei fatto.

Io replicai che la moneta mi serviva solo per poco tempo e che gliela avrei restituita dopo averla usata per risolvere la questione in parola.

Nel frattempo mi ero avvicinato alla finestra presso cui Cicuredda aveva consumato il pane.

Ricevuta la moneta, la sistemai tra il pollice e l'indice, e con colpi sicuri e netti la sbattei sulla soglia della finestra, cercando di produrre suoni secchi e squillanti e poi declamai: "IL DEBITO È STATO PAGATO!"

"Ma che dite, ma come!?" – proruppe il fornaio.

E io: "Eh sì, è l'unico modo con cui Cicuredda può pagarti. Tu gli hai dato i profumi, lui t'ha pagato col suono.

"*I profumi* stanno al *suono* come il *pane* sta alla *focaccia*: la proporzione è perfetta e, con ciò, è perfetta anche l'uguaglianza valoriale tra i termini. E allora se tanto mi dà tanto, se, cioè tanto valgono i fumi profumati quanto vale il suono, la faccenda è sistemata!"

FU COSÌ CHE IL BUON SENSO FECE GIUSTIZIA DEL "DIRITTO".

PARTE QUINTA

APPENDICE

ARTICOLI PUBBLICATI SULLA RIVISTA "L'ARCOBALENO" DAL 2016 AL 2022

ANTOLOGIA POLACCA

Complimenti al dott. Castrovilli per l'inserimento di alcune sue poesie nella più vasta antologia di poesie pugliesi tradotta in lingua polacca. (AA. VV., *Ponti, Wydawnictwo Ksiazkowe IBIS*)

La poesia della Puglia viene presentata in Polonia, per la prima volta, in un'antologia autonoma.

Pawel Krupka, prof. Di letteratura greca presso l'Università di Varsavia, a proposito dei poeti pugliesi (e tra questi l'unico Sanvitese, appunto, il dott. Castrovilli) dice che "si dimostrano chiaramente figli della Magna Grecia, della sua semplicità e del suo naturalismo. La forza d'espressione della loro poesia scaturisce da sane radici di civiltà." […] "È una poesia che trova ispirazione soprattutto nell'ambiente naturale, compreso quello umano. Una poesia piena di sole e di mare, che parte per il mondo dal focolare di casa."

Il dott. Castrovilli, quindi, è il primo poeta sanvitese "tradotto" in polacco, ma non basta, è stato tradotto anche in lingua albanese.

Insomma, mentre si alzano muri per contenere i flussi migratori, la creazione poetica pugliese-sanvitese non sembra trovare ostacoli per Castrovilli, e la sua poesia è diventata "poesia d'esportazione"; esportazione non solo del "patrimonio della Magna Grecia", ma precisamente della "Sanvitesità" non tanto come "prodotto" di colore locale, che pur ha il suo valore, ma soprattutto, come ben dice, in una sua bellissima poesia, il prof. Daniele Giancane, come "prodotto di nicchia" di "autore di valore".

Le poesie di Castrovilli, scelte e presenti nell'antologia polacca, sono quelle che dalla nicchia del territorio naturale e umanizzato di San Vito si elevano a paradigmi universali e hanno già nel titolo vibrazioni o vocazioni di universalismo specie ora che varie etnie si combattono in Medio Oriente o in altre parti del mondo.

In "Oltre Bisanzio" e in "Una cartolina da Gerusalemme" ci sono passi che inneggiano al sentimento d'amore di vario genere: da quello romantico a quello di fratellanza universale che scorgando da "antiche civiltà" unisce le varie etnie in un abbraccio globale.

[...] Da molto tempo viaggiavamo lungo/ le coste adriatiche sostando ora/ tra ruderi di antiche civiltà ora/ tra la macchia mediterranea...

[...]

Signora, dove ci porterà/ questo nostro vagare?

Lei guardandomi sottecchi, rispose:/ oltre Bisanzio. [...]
(da "Oltre Bisanzio")

[...] Nella luce del crepuscolo/del mattino, un attempato rabbino/ barba bianca fluente, / zucchetto, tallith e filatteri/ nella sinagoga recita brani/ del Siddur ad alta voce, / e ragazze palestinesi/ espongono su tappeti/ con fini disegni ornamentali/ oggetti di rame, di legno/ e merletti colorati/ nei paraggi della moschea di Omar. (da "Una cartolina da Gerusalemme")

In queste poesie c'è un peana, un canto d'allegrezza, di speranza in quanto in "Oltre Bisanzio" c'è un anelito verso

128

orizzonti nuovi e pieni di sentimenti accattivanti e in "Una cartolina da Gerusalemme" un invito alla fratellanza espansiva: infatti il rabbino e le ragazze palestinesi sono presentati insieme in un concerto di richiami biblici.

In "I sentieri dell'anima" vibrano echi leopardiani: *…nell'interrotto cammino/per i sentieri dell'essere, / senza divieti, / senza confini.*

Ciò avviene più chiaramente in "Epilogo": […] *Anche il suo lungo vigilare/ ha un epilogo silenzioso, / come lo sfiorire delle rose/ sotto l'urgere del tempo. //Tanti sono gli alibi/ che annegano sogni e incanti, / fino a che inaspettatamente/ ti ritrovi solo in una quieta assoluta, / che assedia le acacie/ dopo la tempesta.*

In "Come segnali" e in "Ulivi" troviamo il paesaggio salentino e il suo ambiente umano colti in una continua caleidoscopica sinestesia: suoni e silenzi; visioni di campi, brezze, sapori e profumi sparsi che fanno assomigliare la campagna salentina quasi a un'oasi utopica ma proprio per questo sempre desiderabile.

Il Salento è stato sempre una splendida realtà antropica per la sorprendente bellezza della natura ma anche per il duro lavoro dell'uomo che l'ha cesellata umanizzandola. Terra che attrae per le bellezze naturali, l'arte e l'atmosfera umana, per i prodotti della terra.

Infine le sinestesie e adombramenti di civiltà antiche e di storia, richiami di duro lavoro per fare della nostra terra un giardino si fanno amorevolmente più mordaci e più struggenti in "Ulivi".

...Ulivi secolari sparsi nelle campagne/ del Salento dove inseguiamo/ sogni e segreti/ resi al sole da gioie/ solcate da rivoli di sudore// Svettanti nell'azzurro rimbombo/ del tuono, nel vento di novembre/ che ci porta l'eco delle voci/ dei nostri defunti;/ i venerandi ulivi/ il loro impero affermano/ su quest'angolo di terra rossa/ dove è scritto sulle zolle/ la storia dei padri e la nostra.

IL TEMPO DELLA GIOVENTÙ

La lettura del romanzo di Enrico Castrovilli *Il tempo della gioventù – il '68 e dintorni,* Libellula Ed., suscita emozioni in quantità.

Non so se ha scritto altri romanzi, magari non pubblicati, ma questo può essere considerato un capolavoro del genere perché vi ho trovato la vita nella sua globalità e complessità del tempo degli anni Sessanta con tutte le vicende della crescita esteriore ed interiore di un giovane giustamente ambizioso, molto sensibile e timido, ma dotato di tenace volontà e animato da spirito altruistico che lo portava ad attenersi alle tradizioni familiari, ma anche a rendersi capace di aperture sociali per migliorare le condizioni di vita del mondo di allora.

È un romanzo autobiografico e Carlo è il protagonista del romanzo mediante il quale l'Autore si rivela partecipandoci appunto il tempo della sua gioventù.

Carlo era consapevole del fatto che "spesso non bastano le proprie energie fisiche e psichiche per raggiungere traguardi ambiziosi, perché nel cammino umano s'incontrano adulti poco disposti a dare ad altri il proprio sapere o un contributo economico" (p. 9).

Era consapevole che il lavoro di garzone aiutava dal punto di vista economico…ma chi poteva aiutarlo negli studi?

Una data indimenticabile è il trenta marzo del '63 quando Carlo conobbe "…il nuovo professore di lettere del liceo classico ubicato a poche centinaia di metri dal bar dove lavorava, che aveva superato da poco la trentina, che aiutava i ragazzi, senza alcun compenso, volenterosi ma che non avevano le possibilità economiche per frequentare le scuole superiori. Riprendere gli studi! La proposta era allettante; quell'uomo gli aveva letto negli occhi il suo desiderio occulto: non voleva finire i suoi giorni a servizio di un bar" (p. 6).

Bisogna sottolineare che l'insegnamento, specie quello disinteressato, è una delle più alte forme di carità.

Aiutato dal professore, Carlo lavorava e studiava duramente fino allo sfinimento, confortato dalla sorella Ida: "…è umano che lui, come per me, come per tutti i giovani del mondo, aspiri ad una vita migliore" (p. 10).

D'altra parte Carlo meditava: "I giovani erano stanchi di sentirsi considerati dei diversi, degli esclusi dai beni materiali e culturali della società" (p.9). Nelle università c'era in atto un gran fermento.

Carlo conseguì la maturità liceale. Cominciò a lavorare presso un convitto privato: "Voleva guadagnare di più per frequentare l'università" (p. 6).

Non è compito di questo commento seguire tutte le vicende del romanzo riguardanti Carlo dalla partenza per Roma per frequentare l'università fino alla laurea nel 1969 attraverso le vicissitudini fisiche, emozionali, sentimentali, morali, culturali, politiche del periodo che vide le occupazioni delle università negli anni della contestazione giovanile vissuta in prima persona da Carlo e dai suoi amici Nereo, Ennio, Mauro, Andrea, Laura.

Tutto è interessante e notevole, ma a me è sembrato opportuno seguire il rivelarsi a se stesso del protagonista del romanzo con la presa di coscienza del suo essere, della propria individualità fisica, emozionale, morale, culturale.

In vari punti del romanzo l'Autore rivela episodi, fatti, riflessioni significative per quanto riguarda lo sviluppo della coscienza di sé fino alla progressiva conquista della sua identità personale.

L'esperienza del dolore dovuto alla fitta retro sternale che mozzava il respiro (Cfr. p. 7) e la visione di se stesso e del suo viso pallido nello specchio della cappottiera (Cfr. p. 9) fanno prendere coscienza all'Autore del suo aspetto fisico, della reale "dimensione" della sua persona; e ancora: "All'improvviso vide un'immagine avanzare nella vetrina panoramica del bar-ristorante della stazione. Si fermò. No! No! Era impossibile; quella non poteva essere una figura umana uscita dalle pagine di Salvemini o di Silone. Era? Si. No. Le mani mollarono i manici della valigia e del pacco legato con un grosso spago. Soffocò un grido d'angoscia. Era proprio lui". [...] "«Sono proprio un meridionale» alla fine, osservando la grossa valigia di cartone e il pacco legato con lo spago a mo' di un emigrante" (pp. 31-32 passim).

I libri di psicologia dicono che lo "specchio" ti rivela a te stesso quanto il confronto con gli amici e gli altri in generale. Essi costituiscono esperienze di riferimento, nuclei esistenziali pregnanti per la tua crescita e ti iniziano alla vita con una nuova presa di coscienza, una nuova maturità che ti guidano poi per sempre.

Sono vere e proprie prove di iniziazione che tuttora si svolgono presso qualche popolo con diverso grado di civilizzazione per far entrare i fanciulli nella vita degli adulti, cioè nella vita sociale proprio come avviene nelle fiabe ben spiegate dal prof. Giancane nelle sue colte conferenze.

Per Carlo il confronto con se stesso "allo specchio" e con gli altri nelle vicissitudini della vita ha avuto il valore di costituire la sorgente di tappe importanti nella progressiva e sempre più completa consapevolezza di sé. È certamente stato un "battesimo di fuoco" il momento in cui ha dovuto "pensare con serietà al problema di procurarsi una vita sentimentale naturale" (p. 100) con Laura che ispirava in lui anche la passione per la poesia.

Altri battesimi di fuoco lo attendevano come quello affrontato per liberare il suo amico Mauro dalla droga, come quello che lo coinvolse nell'assistere un moribondo di un vecchio attore che dormiva accanto alla sua stanza nella pensione, ma soprattutto come quello vissuto con la contestazione giovanile universitaria a Roma nel '68 di cui ne accettava i motivi con riserva.

Il tempo della gioventù è un romanzo, ma non è un romanzo "romanzato", è il racconto vivo ed intenso di una vita vera!

Non si può che leggerlo; in certe pagine specialmente nei dialoghi, come quelli tra Carlo e Laura, c'è tanta poesia che qualsiasi commento ne rovinerebbe la dolcezza.

Buona lettura.

"ULTIME POESIE" DI BENITO D'AGNANO

Il titolo dell'opera, "ULTIME –poesie-", è emblematico, e può significare tante cose. Per me, il termine "ultimo" può essere riferito all'ultima opera, però, di una serie che come tale avrà un seguito. Ultima opera al momento presente, ma chi può scrutare il futuro?

Questo è il mondo in cui tutto scorre, dove tutto è successione. Nessuno può stabilire né di diritto né di fatto ciò che sarà "ultimo" veramente. Non ne abbiamo il potere, limitati come siamo. Abbiamo il potere di continuare, ma volta per volta, le opere dello spirito ora e potenzialmente "sempre", essendo la creatività dello spirito legato e subordinato all'energia realizzatrice di un "Principio" sempre in Atto per se stesso.

Insomma tutto ha e avrà un processo il cui atto finale non spetta a noi deciderlo.

E poi, nessuno può sostituirsi alle Parche latine o alle Moire greche dalle cui volontà gli antichi pensavano che era diretto tutto ciò che avveniva nel mondo.

E poi, bisogna far sempre il tifo per Cloto, la Parca che fila il destino degli uomini e farla lavorare in pace.

E poi, chi si sente il "core cantatore" non può soffocarlo e costringerlo a star zitto e a non esprimere e comunicare ciò che vi palpita dentro dando voce a poesie che indagano il mondo esteriore ed interiore e sempre più la realtà in se stessa.

Il poeta non è forse chiamato *vate* perché indaga i misteri del mondo e i suoi profondi significati e riesce a leggere là dove altri intravvedono qualcosa solo confusamente e quindi non significativamente? Per molti filosofi solo l'Arte riesce a cogliere l'ultima realtà che va sempre più scandagliata…sempre e per sempre, anche se mai totalmente.

I poeti veramente ispirati hanno cantato la gloria dell'Assoluto, e debbono continuare a farlo, esaltando temi eterni quali: la bellezza della natura, l'amore che vince ogni dolore, il dolore stesso che in fondo sappiamo non è vano…se accettato per il bene degli altri.

Infatti i poeti di una certa *koinè* culturale, esistenziale, religiosa non devono porsi nessun tipo di limite. Vedasi san Francesco d'Assisi che cantò ogni elemento della natura nell'ottica delle aspettative dello spirito umano destinato a crescere sempre, anche confrontandosi con la "sorella" morte. Non è infatti vero che l'amore cresce di più quando l'"oggetto" dell'amore è assente?

"ULTIME-poesie-" possono essere "le primizie" di un sentire "nuovo" in continuazione di un discorso di bellezza, perché è bello ciò che è vero sempre e ovunque, ciò che è buono sempre e ovunque, ciò che sussiste per il suo "valore" intrinseco e perciò eterno.

Vero, buono, bello sussistono per se stessi perciò sono "valori" eterni ed indefinitamente intellegibili; ciò che cambia è la sensibilità, la visione intellettuale che ciascuna persona, di tempo in tempo, ha di essi, e per questo sono diversamente "cantabili". Chi è capace di esprimerli e comunicarli in modo "nuovo", cioè con un "timbro" particolare e con voce di speranza (che possono variare anche nella stessa persona) non può privare l'umanità del suo "vaticinio" rivelatore.

139

Dice bene l'Autore della presentazione del libro: "Il tempo per il poeta non è un dato materiale od esterno all'uomo, ma una estensione dell'anima tra la percezione del presente, memoria del passato e proiezione nel futuro".

E dice Benito stesso a p. 7: "Intanto…la sera che sopravviene/s'apre a festa di stelle…!!!".

Il libro è ricco di mirabili, scultorei versi, immagini splendide, espressioni emozionanti e coinvolgenti.

Eccone alcune:

-L'immagine che traspare da questo verso: < … veder la luna disegnare i campi…> ci fa godere l'incanto della natura di classica memoria. (in *Anelito* p. 9)

-In *Antichi Padri* (p. 10) i versi si fanno meditazione sulla dura vita di una volta, ma anche sulla solidarietà che vigeva nei tempi passati: […] <Il poco era il di più, norma la fame…> […] <Inappagato desiderio/ di poter avere le ali e volare alto!> […] <E ponti di luce univano i cuor…>

In *Antidoto* (pp. 11-12) il Poeta sente il conforto amicale della natura: <Esco fuori…all'aria aperta/a trovar

140

consolazione/nella mia natura amica>. [...] <l'ombra allora della pena/lentamente già schiarisce/fino a perder consistenza>.

In *Buio* (p. 14) lo spirito, trascendendo il presente, urge sempre dentro, mai sopito, perché aperto all'infinito: <...Ma l'occhio che capisce il cielo, / con se stesso a parlar trova ragione. [...] Svelle i paletti infissi/tra il finito e l'immensità.../sfiata l'affanno delle lunghe ore.../ smorza il singhiozzo del dolore amaro! /Ritrova sol nel buio il cuore stanco/quella luce che l'anima scalpella/ed alla vita dà serenità.../labbra che cantano...anche se son chiuse!!>

Si può notare in *I piedi se ne vanno* (p. 27) la forza d'animo che spinge Benito verso gli altri in un afflato di solidarietà anche nelle difficoltà che si incontrano nella vita: <I piedi se ne vanno a piacimento/né su di essi più posso contare/È uno scarabocchio il mio andare...! [...] Sono disposto a donare il mio sangue/per guidare il treno fino alla meta... [...] Oggi il mio tempo sarà tutto per gli altri...!>.

Riconfermo che, lungo tutto il libro, ci sono tanti bei versi rinfrescati e vivificati di poetiche immagini, tante meditazioni sui grandi temi della vita, della morte, del dolore, della felicità, della fortuna, dell'amore…che non si possono commentare qui, per problema di spazio in questa presentazione per forza non esauriente.

L'importante è di aver messo in risalto, per quanto ho potuto, il compito di guida e di maestro di Benito nell'impegno di salvaguardia dei valori-cardine per l'edificazione di una più sana collettività.

Grazie Benito e non fermarti!

Questo libro è piccolo di formato, ma grande di poetica sostanza, di sapienza, di saggezza…

"L'INFINITO" DI G. LEOPARDI
HA SOLO DUECENTO ANNI (1819 – 2019)

L'INFINITO

Sempre caro mi fu quest'ermo colle,

E questa siepe, che da tanta parte

Dell'ultimo orizzonte il guardo esclude.

Ma sedendo e mirando, interminati

Spazi di là da quella, e sovrumani

Silenzi, e profondissima quiete

Io nel pensier mi fingo; ove per poco

Il cor non si spaura. E come il vento

Odo stormir fra queste piante, io quello

Infinito silenzio a questa voce

Vo comparando: e mi sovvien l'eterno,

E le morte stagioni, e la presente

E viva, e il suon di lei. Così tra questa

Immensità s'annega il pensier mio:

E il naufragar m'è dolce in questo mare.

Sono trascorsi due secoli da quando G. Leopardi, appena ventenne, scriveva "L'Infinito". Era il 1819 e nasceva una delle liriche più intense e significative di tutta la letteratura italiana.

In questi versi, secondo me, c'è l'identità dell'uomo a patto, però, di riflettere bene sulla conclusione della poesia: "…Così tra questa/immensità s'annega il pensier mio:/E il naufragar m'è dolce in questo mare."

Il pessimismo leopardiano traspare da questi versi perché è dovuto ad un'interpretazione irrazionalistica del reale e quindi alla fine atea. Voglio dire che la conclusione conduce ad una evidente negazione del primato dello *spirito*. Ciò spiega come l'unico "infinito" cantato dal Leopardi e nel quale a lui piace "naufragare" è quello della *materia*: condizionato allo spazio (*"interminati spazi…"*) e al tempo (*"mi sovvien l'eterno e le morti stagioni e la presente e viva"*).

"Infinito" spazio-temporale composto nella quiete (*"profondissima quiete"*) e dominato dal silenzio (*"sovrumani silenzi…"*), risolvendosi tutto nell'«*immensità*» di un reale muto, inerte, impersonale…come tutto ciò che è morto, privo di un senso, disperatamente assurdo perché chiuso ad ogni luce di trascendenza. "Infinito" somigliante al "Tutto impersonale" della visione buddista dell'universo che tutto assorbe ed annulla nella sua realtà impersonale come spiegherò più sotto.

La lirica, che fa parte dei *Piccoli Idilli*, è la testimonianza di una grandiosa avventura spirituale. Infatti, percepire l'infinito significa per Leopardi evadere da una realtà circoscritta e limitante, simboleggiata dalla siepe e dalla "voce" del vento, per perdersi, sullo slancio del pensiero e della fantasia, oltre ogni limite, in un infinito in cui è "dolce" smarrirsi per sempre, quasi perdersi nel Nulla e trovare un attimo, quasi eterno, di conforto dai mali.

Anche se, poi, perdersi nel Nulla non può essere un conforto veramente "dolce".

La poesia è speciale perché lancia l'uomo alla profonda dimensione dell'animo e alla sua vera identità che consiste nel legame con l'infinito e non con le parziali e ansiogene identità che la società ispira subdolamente per qualche interesse.

Avviene un passaggio da un infinito immaginato e "spaurante", come era per i Greci, a un infinito in cui è dolce naufragare. Quindi a differenza dell'uomo greco si può pensare ad un "Infinito" non solo con timore, ma anche con attrazione. L'uomo lo desidera ed è fatto per conoscerlo.

Una conoscenza che, però, deve essere pienamente umana. Ma ciò comporta che "L'Infinito" deve essere, a sua volta, una "Persona", altrimenti rimane "spaurante" e non attraente.

Quindi lo spirito umano è destinato ad un'esistenza incomparabilmente superiore, essendo polarizzato verso l'Infinito che però non è appagante se rimane a livello della "materia" e con caratteristiche impersonali.

Si può parlare d'infinito, diciamo così, autentico solo ammettendo la sopravvivenza dell'Io pensante di ciascuna persona. Infatti l'uomo integrale (anima e corpo), naturalmente corruttibile nella sua parte corporale, è soggetto alle infinite miserie della vita terrena, tra cui la finitezza dello spazio e del tempo; ma non è così per lo spirito umano (=anima).

Ed è certo che come la materia è indistruttibile (anche il corpo segue la legge del "nulla si crea, nulla si distrugge, tutto si trasforma") così la Persona, in quanto pensiero, non muore.

È questo l'infinito desiderato da Leopardi ne "L'infinito"?

A me non sembra. L'infinito del Leopardi, almeno quello dei suoi vent'anni, ha una consistenza "materiale", non si fonda su un rapporto tra "persona" e "Persona". Cioè tra una persona relativa come quella umana e una <u>Persona Assoluta, la sola veramente Infinita</u>!

L'<infinito> dell'idillio è solo un'illusione provocata dal vento, dallo stormire delle foglie, dallo spazio immaginato; non ha nessuna consistenza "personale".

Infatti, in seguito, è lo stesso Leopardi che in *Zibaldone*, I, 138,1 "si corregge" e dice: "Una delle grandi prove dell'immortalità dell'anima è la infelicità dell'uomo…Cosa la quale dimostra che la nostra esistenza non è finita dentro questo spazio temporale come quella dei bruti…"

Dice ancora: "La noia è in qualche modo il più sublime dei sentimenti umani (…); il non poter essere soddisfatto da alcuna cosa terrena, né, per dir così, dalla terra intera; e considerare l'ampiezza inestimabile dello spazio, il numero e la mole meravigliosa dei mondi, e trovare che tutto è poco e piccino alla capacità dell'animo proprio; immaginarsi il numero dei mondi infinito, e l'universo infinito, e sentire che l'animo e il desiderio nostro sarebbe ancora più grande che siffatto universo; e sempre accusare le cose d'insufficienza e di nullità, e patire mancamento e vòto, e però noia, pare a me il maggior segno di grandezza e di nobiltà che si vegga nella natura umana." (G. Leopardi, 111 *Pensieri*)

LA PASQUA LIBERA DA TUTTE LE ALIENAZIONI

LA GRAZIA NON LA DIALETTICA È IL VERO MOTORE DELLA STORIA

Qual è il male profondo dell'esistenza storica dell'uomo da cui derivano tutte le forze alienanti che lo minacciano di continuo e che non gli fanno realizzare il vero se stesso sotto tutti gli aspetti individuali e sociali?

La radice della triste condizione in cui si trova l'uomo considerato nella sua esistenza storica è il peccato cioè l'allontanamento da Dio.

Il peccato non è un effetto dell'imperfezione della natura eliminabile con l'istruzione o educazione; non è il prodotto di tristi condizioni economico-sociali soggetti a cambiamenti rivoluzionari creatori di un ordine nuovo; non è un fatto di nevrosi guaribile con opportune tecniche psicologiche; non è un momento dialettico della storia individuale e sociale necessario perché si realizzi il bene;

non è la coscienza infelice dell'uomo in sé lacerato perché non ha raggiunto ancora la maturità.

Il peccato è un atto di egoismo, di ribellione contro Dio che veramente vuole il bene dell'uomo.

Il peccato è la vera alienazione dell'uomo da cui discendono tutte le altre alienazioni d'ordine economico, politico, sociale. Alienato da Dio, l'uomo cade in preda al suo egoismo, alle sue brame sfrenate che lo trascinano in un'esistenza infernale in cui tormenta se stesso e gli altri sotto tutte le forme di sfruttamento.

L'offesa fatta a Dio comporta la trasgressione della sua legge che è quella dell'amore, la sola realtà capace di cambiare i rapporti umani.

Non bisogna vergognarsi di parlare di peccato originale, anzi occorre sottolinearne il senso, la sua universalità, il suo ruolo tragico nella storia umana.

Con tutto ciò non si deve cadere nel pessimismo del filosofo tedesco A. Schopenhauer: "il peccato originale è il punto centrale e il cuore del cristianesimo". Gesù Cristo con la sua morte e risurrezione ha ristabilito la comunione degli uomini con Dio e tra loro.

È vero che questa salvezza, questa nuova vita è appena germinale, comporta ancora lotta, tentazioni, sacrifici, sofferenze di ogni genere e la morte che aliena l'uomo nel modo più profondo. Ma tutte queste cose hanno perso il loro pungiglione avvelenato e sono diventati occasioni e mezzi di conformità a Cristo nell'attesa della salvezza piena che si attuerà alla fine della storia con la trasfigurazione di tutto l'uomo (anima e corpo) nella sua individualità e socialità.

La vocazione ultima dell'uomo è realmente una sola, quella divina, perciò si deve ritenere che Dio dia a tutti la possibilità di venire a contatto col mistero pasquale.

Il problema fondamentale è quello dell'origine del male a cui è legata la questione dello stato originario dell'universo. Il mondo e l'umanità sono stati fin dal principio in una situazione di disgrazia tanto che si può dire che sono usciti in questa condizione dalle mani di Dio? Il Dio liberatore è forse stato come creatore meno efficiente?

Il mondo uscì dalle mani del Creatore in uno stato di felicità ineffabile. Il paradiso terrestre era quasi la concretizzazione della presenza, dell'onnipotenza e dell'amore di Dio. La vicinanza con Dio, la percezione del suo respiro formavano la felicità dell'uomo e dell'intero universo. In Dio l'uomo si sentiva al sicuro, interiormente rispettato ed onorato.

Il paradiso terrestre non era un luogo particolare, una specie di parco cintato. Il "giardino" era una parte per il tutto: in altre parole l'intera terra, l'intero universo erano in quello stato quando sono usciti dalle mani del Creatore. Era uno stato di felicità spirituale e religiosa dell'uomo, il "paradiso" si trovava dovunque questi viveva. L'unità e la pace dell'uomo con Dio creavano anche l'unità e la pace dell'uomo con l'universo.

La natura dell'uomo (sostanzialmente composto di materia e spirito, ossia come "microcosmo", modello, fine e sintesi di tutto il creato) all'origine dopo il peccato originale fu sconvolta e resa fragile, vulnerabile, bisognosa di un restauro che ne ricomponesse l'equilibrio e ne rettificasse il finalismo integrale. È questo il significato profondo della Pasqua.

E la potenza di sviluppo dell'uomo è tale da prestarsi ad una elevazione oltre i limiti della sua natura: l'uomo è capace di partecipare alla stessa vita di Dio. Altro che costruirsi lui stesso un dio che è frutto solo della fantasia di qualche filosofo sognatore!

Di fatto l'uomo disponendo della grazia derivante dall'opera mediatrice di Cristo può riabilitarsi e realizzare la più alta intimità con Dio nel tempo e per l'eternità.

L'uomo è destinato a realizzare la massima possibile espansione delle sue virtualità di vita, anche per l'emancipazione dalle stesse leggi della materia nella finale resurrezione della carne e conseguente godimento di tutta la beatitudine accidentale desiderabile. Umanesimo, quello "cristiano", equilibrato, totale e realistico che non cede all'euforia ottimistica di tutti i panteismi né alla disperazione del pessimismo esistenzialista.

Si tratta dell'uomo-persona, Soggetto concreto ed autonomo, non parte di un "infinito-tutto" che tutto ingoia e vanifica né momento fugace dissolto nel divenire della natura e della storia.

Questo l'umanesimo cristiano che si confronta vittorioso contro tutti i tentativi del pensiero laico che l'accusano di utopia annullata dalla più fondamentale e irrefutabile di tutte le verità: l'onnipotenza di Dio, disposto a donarsi al di là di tutte le previsioni, i meriti e i desideri della creatura.

La religione rappresenta sempre l'elemento più profondo della vita dell'uomo a livello individuale e sociale.

Tutti gli enigmi dell'esistenza, primi tra essi il dolore e la morte, hanno la loro spiegazione nel mistero cristiano.

Il pensiero umano, aperto all'infinito e impaziente di una visione cosmica onnicomprensiva, superati i limiti del metodo sperimentale e quelli della riflessione metafisica contenuta nell'ambito dell'esistente, resterà sempre disponibile ad accettare il mistero di Cristo, almeno come ipotesi di lavoro, la più degna della sapienza di Dio. Processi della materia ed evoluzione dello spirito umano hanno in Gesù-Dio il loro supremo traguardo.

Ipotesi né dimostrabile né confutabile, perché condizionata ad una liberalità superiore ad ogni dato dell'esperienza, ad ogni premessa razionale da cui possa dedursi.

154

Se Dio viene ridotto ad una proiezione dei bisogni dell'uomo, cioè se è solo un Mito, è messo fuori gioco. Ma l'uomo può risolvere i suoi problemi da solo contando sulle sue sole forze? Ne è capace?

Se fosse capace di risolverli, avrebbe dovuto già farlo. Ora ha tutti i mezzi a disposizione, ma evidentemente non bastano né i mezzi finanziari né la scienza né la tecnica. Perché l'uomo non può risolvere problemi che hanno origine in una realtà metafisica.

Solo il cristianesimo ha additato all'uomo il suo vero libero destino.

La libertà dell'uomo è sinonimo di trascendenza del volere rispetto ad ogni struttura, energia e modalità di sviluppo del mondo fisico. Chi osasse dubitarne dovrebbe rinunziare a quella "personalità" che è appunto indipendenza e quindi, moralità e dignità, senso del dominio, netto primato sulla natura.

L'HUMANITAS DELLE "MEMORIE INDIVISIBILI"

Se dovessi con una parola riassumere il contenuto, comprensivo della visione del mondo, cioè dei valori presenti nel libro di poesie "Memorie indivisibili" di Domenico Casale, userei il termine HUMANITAS, anche per i riferimenti che si possono cogliere a grandi poeti e a movimenti letterari e spirituali del passato che nel tempo hanno precisato la natura dell'uomo e i valori umani.

Le poesie, colte e umane, hanno suscitato in me suggestioni e riflessioni riguardanti la concezione del mondo degli umanisti del Rinascimento che mettevano al centro dell'universo l'uomo nella sua integralità, il quale per essere veramente "centrale", doveva saper contemperare in razionale armonia anima e corpo (cielo e terra).

Ciò avviene nelle poesie di Domenico perciò il titolo simbolico che io darei al suo libro sarebbe appunto: HUMANITAS.

La vera libera ed autonoma esplicazione della personalità umana si realizza solo nell'ambito dei valori spirituali che non negano, anzi elevano i sani e giusti valori del corpo e della materia. Questo ideale equilibrio di natura e spirito ho trovato nell'offerta poetica di questo avvincente libro che mi ha edificato molto.

Inoltre durante la lettura il mio pensiero trasvolava attraverso la ricchezza umano-culturale-affettiva di Cesare Pavese, di S. Giovanni Bosco, di Giacomo Leopardi, di Sant'Agostino, di Pascal ecc…

Ognuno recepisce dalla lettura di un libro suggestioni diverse relative alla propria preparazione e sensibilità.

Dicevo che molte corde sentimentali ed emozionali sono state mosse dalla meditazione sulle poesie di Domenico che, sotto una veste stilistica ordinata, presentano termini appropriati ed evocativi che rivelano verità e messaggi suggestionanti che toccano il cuore e la mente. (vedasi "La parola è tutto" p. 100)

I versi, a volte amari, ma comunque pieni di speranza, rivelano un clima di generale anelito verso una fraternità e una bontà globalizzate.

La speranza deriva dall'acutezza dell'osservazione della natura e dello spirito umano raccolto soprattutto nell'alveo degli affetti familiari; dalla fiducia in Chi tutto vede e provvede sia pure nella precarietà della vita umana che comunque ha un destino tracciato: senza il fine del Bene incentrato sulla Verità tutto sarebbe vano.

Come "...le farfalle...trovano finalmente pace/tra petali delle poligale in fiore." (p. 87) così si può trovare pace solo in Chi è Giusto, ma anche Misericordioso verso le difficili condizioni umane.

Qui il discorso potrebbe fare un accenno all'importanza che don Bosco dava alla prevenzione per combattere il male.

Anche in vista di questo fine spingono a meditare le "Memorie indivisibili" che fanno parte intima di noi, sono un tutt'uno con il nostro Io. Se non ricordassi niente, nessuno mi potrebbe "condannare" ma nemmeno "premiare"! La "memoria", secondo me, persiste anche dopo la morte, e bisogna fare il bene (come Nonno/a, come Madre, come Padre, come Fratello, come Sorella, come Figlio, come Semplici Uomini...) anche perché siamo e saremo noi i giudici di noi stessi!

La responsabilità è legata alla individuale memoria! Dio non condanna o premia indipendentemente dalla personale coscienza-memoria di ciascuno. Non esiste la predestinazione: ognuno è responsabile di se stesso e per poter "leggere" la propria situazione morale non può essere diviso dalla propria memoria.

Per questo "Memorie indivisibili", oltre ad avere un valore poetico-letterario, hanno anche un valore esistenziale.

Come ho detto il libro è ricco di suggestioni importanti. Non se ne possono analizzare tutte altrimenti verrebbe fuori un commento troppo lungo non adatto per una destinazione redazionale.

Ogni poesia andrebbe meditata ed interpretata alla luce delle idee generali dell'Autore che sono di alto livello culturale, affettivo, morale-teologico e si collegano con il pensiero di importanti scrittori, poeti, filosofi, santi...

Seguendo il mio taglio interpretativo per forza di cose, ho rilevato ciò che in me aveva una personale eco riflessiva, emotivo-sentimentale che però ha valenza anche di una valutazione generale.

Sono rimasto, ripeto, edificato dalla piacevole lettura delle poesie e devo rileggerle per sorbirne tutta la profondità di dati ed elementi che riguardano la mente e il cuore.

La poesia è una di quelle forme con cui l'uomo tende a dare ordine, significatività, carattere di immanenza ed eternità al vortice della vita, e a volgere in proprietà comune quello che è genio e anima e sentimento di singoli uomini.

Grazie, Domenico, anche per il Bene che ci hai offerto con questo libro di "Memorie indivisibili".

DALLE EMOZIONI ALLA LETTERATURA

Le emozioni, episodi salienti della vita affettiva, da profano me le sono sempre immaginate come "il nostro pane quotidiano" prendendo in prestito un'espressione della più alta preghiera cristiana.

Non solo perché capita sovente che il nostro stato d'animo, normalmente regolare durante la giornata, improvvisamente venga maggiormente attivato da qualche esperienza significativa o inquietante (paura, rabbia, dolore, gioia o amore) ma soprattutto perché la vita emotiva è una delle condizioni essenziali dell'attività mentale corrispondente alla tonalità, al colorito degli stati di coscienza.

Quando conosciamo un oggetto (o persona) lo consideriamo nelle sue qualità e ne proviamo una impressione di attrazione o repulsione che condiziona il nostro comportamento.

Questo, infatti, è sotto l'influsso delle emozioni che guidano o paralizzano le nostre azioni.

Quindi, data l'importanza delle emozioni, diamo un apprezzato benvenuto a questo libro di Castrovilli "Comprendere e gestire le emozioni" perché chiarisce il nostro mondo interiore, fa conoscere meglio noi stessi, ci fa essere più propostivi, migliora i rapporti con noi stessi e gli altri.

Un "Corpus" di emozioni trattati con competenza, inseriti in un quadro di cultura generale, medica, psicologica, pedagogica, professionale.

Più che dalla loro classificazione e varietà e dalla loro intensità che varia da individuo a individuo e nello stesso individuo, da momento a momento, sono stato attratto dalla scoperta di singolari aspetti di alcune emozioni e dei loro potenziali influssi sulla personalità per quanto riguarda il suo sviluppo, la sua maturazione, le sue reazioni, le sue produzioni o creazioni.

Nell'ambito scolastico se constatiamo l'identificazione di una disciplina con il suo insegnante, tale che basta il suo nome per richiamarla, abbiamo la prova del buon rapporto umano e professionale esistente tra la persona docente e la persona discente. Sulla base delle emozioni suscitate dalla considerazione dell'autorevole preparazione culturale e della perizia psicologica e pedagogica del docente e della conseguente apprezzata materia piacevolmente condivisa dai discenti abbiamo l'identificazione: *Basta la parola* (qui il cognome) diceva una famosa pubblicità!

Tramite un buon emotivo e didatticamente valido rapporto personale tra una minuscola comunità di cittadini discenti con un maestro che rinnova il "peripato", piacevole scuola tenuta da Aristotele nel giardino del Liceo, si definisce una favorevole esperienza esistenziale sia da parte degli alunni sia da parte del docente. Tutto ciò realizza una vera scuola.

È vero che Seneca ha scritto: "Non scholae, sed vitae discimus" (non per la scuola, ma per la vita studiamo) ma intanto a scuola bisogna andarci e occorre frequentarla, viverla come luogo fisico ed umano: ecco l'importanza delle emozioni che agevolano il processo dell'insegnamento/apprendimento.

Purtroppo a causa di forza maggiore dovuta all'evento del Covid si è dovuta trasferire la didattica nella tecnologia informatica che priva drasticamente l'insegnamento della indispensabile forza del rapporto umano, isterilito nella pratica anonima e poco affascinante di protesi elettroniche del tutto prive di attrattiva e di emozione umana.

All' "aedo" elettronico bisogna solo lasciare il compito di archiviare e custodire i saperi, ma deve essere il docente a passeggiare nei giardini simbolici, ma emotivi, della cultura da tramandare e ricreare.

I computer non passeggiano e non interagiscono.

Un'interrogazione con uno degli insegnanti "peripatetici" è un appuntamento speciale e piacevole. Le sue lezioni sono ariose e originali, nuove per il fascino suscitato. Il distacco ironico e al tempo cordiale, ma pur sempre dottrinale, che informa la disquisizione, incanta e trascina.

Anche Castrovilli personifica la disciplina nella quale si incarna.

Si prenda in considerazione la "lezione" sulla "Gentilezza un sentimento positivo". (p. 122)

Per come è piacevolmente presentata la sua esposizione andrebbe qui riportata per intero. Cosa non possibile e quindi mi limito a trascriverne qualche passo:

-Nella psicologia la gentilezza non è intesa come un segno di debolezza fisica, ma anzi una manifestazione di forza.

-Essere in grado di rivolgersi alle altre persone con un sorriso (...) aiutare una persona in difficoltà, significa attestare le proprie aspirazioni e ideali senza soccombere alla seduzione della prepotenza e dell'egocentrismo, ma portando rispetto agli esseri umani.

-L'importanza della gentilezza come qualità vitale è una conoscenza arcaica. La filosofia e le religioni la rappresentano come una particolarità dello spirito aderente alla tranquillità interiore, all'equilibrio e alla coscienza di sé.

-L'inettitudine di essere gentile significa una anomalia vitale, psicologica e morale (...) corrode dall'interno e dal profondo della nostra esistenza, sino al punto di nuocere, anche l'ambiente sociale, l'eventualità di una comunità più florida e più inserita.

-La persona gentile (...) dà prova di apertura mentale e di prestare attenzione e conosce la qualità della fiducia e dell'alternanza.

-La persona gentile può attendersi freddezza e ingratitudine, ma ciò non ci deve allontanare dal coltivare una vocazione che, in sostanza, dà in dono quella serenità e quell'amore sincero che desideriamo come esseri umani.

-Siamo, dunque, invitati tutti a promuovere piccole azioni che generano benessere dentro di noi, un boomerang che viene generato dalla gentilezza e che torna al mittente arricchito di forza. Essere gentili è quindi una grande responsabilità che noi abbiamo non solo nei confronti di noi stessi, ma anche verso i nostri simili al fine di costruire un'armonia positiva.

Dopo queste belle parole penso che tutti ci dobbiamo sentire più "convertiti" alla gentilezza altrimenti dimostriamo di non avere rispetto nemmeno di noi stessi.

Nel libro sono trattate ben quarantaquattro emozioni. Esso è come una miniera che dà tanto più "oro" quanto più la sua lettura va in fondo. Ma qui una scelta si impone e riporto le sorprendenti riflessioni su "La malinconia, una emozione che genera creatività." (p. 154)

-*(...) la malinconia positiva è un momento di tristezza indispensabile per l'equilibrio delle emozioni, da assecondare e ascoltare.*

-*Le persone malinconiche, infatti, si distinguono dalle altre perché chiuse in sé e timide, ma nel profondo sognatrici e romantiche.*

Come stato dell'essere il malinconico ha una capacità immaginativa più degli altri, è quindi è un creativo, basta pensare ai numerosi scrittori, poeti, pittori e musicisti...

Generalmente (...) la malinconia è un'emozione positiva che fa parte della nostra quotidianità, vivendola fino in fondo, può favorire un'attenta introspezione, una nuova ricerca più riservata o nascosta nella nostra interiorità.

Certo la malinconia va tenuta a bada perché non acquisti la forma di malinconia dolorosa e si muti in depressione che può insinuare nell'animo la pulsione all'autodistruzione.

A questo punto Castrovilli prende in esame le vicende umane relative a Cesare Pavese e a Pier Paolo Pasolini. Personalità tormentate: per il primo Castrovilli scrive "crollano i sogni, non trova la possibilità di amare un'altra persona", mentre per il secondo scrive "Pasolini usa la malinconia come un grimaldello emozionale per evadere da uno stato precario generato da un doloroso pessimismo nei confronti della realtà violentemente degradata."

Non poteva mancare un dovuto riferimento alla letteratura perché questa ha la sua sorgente nelle emozioni, infatti, senza di queste non c'è vita significativa e quindi non c'è letteratura autentica la quale si sviluppa in un "animo perturbato e commosso" (Cfr G. Vico *Scienza nuova)* appunto emozionato e quindi ricco di creatività.

Vico *docet* e anche Castrovilli *docet.*

"SCUOLA VISSUTA" DI PINO CECERE SENIOR

UNA VITA ALL'INSEGNA DELLA CULTURA, DEI DOVERI, DEI VALORI

Carissimo Pino, se ricordi, quando lasciasti il lavoro, perché non ti sentivi più di dare il massimo dopo 44 anni di servizio, ti invitai a scrivere qualcosa sulla tua vita scolastica per una rivista locale. Evidentemente, però, avevi un diario segreto da cui poi hai tratto questo bel libro *Scuola vissuta – tra banchi, cattedra e scrivania: note di varia umanità* che è uno spaccato di limpida carriera professionale, di dedizione sapiente alla scuola, di profonda conoscenza psico-didattica ed amministrativa della tua attività prima di professore e poi di preside nella scuola suffragata anche dal tuo impegno civico nella amministrazione della tua e nostra città.

C'è tutto un impegno duro dietro la facciata di un edificio scolastico che per funzionare bene ha bisogno di persone che lavorano con grande passione, grande competenza amministrativa e capacità relazionale spendendosi senza risparmio, al di là dei limiti.

Il libro non ha finalità autocelebrative; conoscendoti, se fosse così, non l'avresti dato alle stampe.

La tua formazione familiare e scolastica ricevuta da nobili esempi e la tua indole onesta non l'avrebbero permesso.

Il libro è una testimonianza oggettiva e sincera del fatto che, quando si opera con competenza e generosità per il bene degli altri, la persona si sente realizzata al cento per cento.

La virtù ha in se stessa il suo premio perché, perfezionando la natura umana, insita in ciascuno di noi, dà piene e totali soddisfazioni esistenziali, accompagnate anche da tanti successi in termini di organizzazione e di funzionalità collaborativa e risolutiva di tanti problemi di singole persone e dell'intera collettività delle scuole, vere comunità di istruzione e formazione che contribuiscono al progresso socio-economico del Paese e al suo bene comune.

L'istruzione è una delle più alte forme di carità.

Per onestà, sempre, hai riconosciuto che il corpo docente, ausiliario ed amministrativo era, con rare eccezioni, competente e corretto e, anche per questo, riuscivi nell'intento di creare in tutte le realtà scolastiche un clima di serenità in cui ciascuno si sentiva considerato e rispettato come persona e come componente di una famiglia, prima ancora che come professionista.

Quanti alunni hai aiutato e salvato, indirizzandoli verso buone strade o incoraggiandoli o sostenendoli a continuare gli studi!

Quanti professori hai fatto ravvedere, a volte semplicemente dando buoni consigli e sempre dando il buon esempio!

Mai ti sei sottratto ai tuoi doveri, mai sei mancato ad un consiglio di classe per molti giorni consecutivi sempre per conoscere meglio i tuoi alunni e poterli aiutare nel migliore dei modi.

Non esagero a dire che il libro l'ho letto con un fervore a volte religioso, tifando con emotivo interesse a che il problema di qualche alunno/a fosse risolto positivamente, come quasi sempre avveniva.

Rimanevo sorpreso perché non conoscevo tante lecite possibilità tecnico-amministrative, a volte utilizzate anche per te stesso per superare, ad esempio, difficoltà che si presentavano per ottenere, giustamente, la successione nella presidenza in scuole prive di titolarità.

Mi sembrava, a volte, di leggere una Bibbia laica per come il bene vinceva sul male che è in continua lotta contro il bene che per poter essere attuato abbisogna di dura lotta e sacrifici.

In regime di libero arbitrio c'è sempre chi sceglie il male suscitato da cattivi sentimenti e dalla facilità di attuarsi contando sull'omertà e sul fatto di non essere visti.

Qualche riflessione a proposito.

È innegabile che il vero potere è il sapere. Solo chi sa può, cioè può fare o operare: in questo senso sapere è potere. Però per operare bene, il sapere non va disgiunto dai doveri e dai valori assoluti riguardanti la persona, la famiglia, il lavoro, la cultura, la verità, il bello, la bontà, la giustizia, la saggezza, la prudenza, il sacro…

I suddetti valori agiscono sull'uomo, lo guidano, lo stimolano, lo elevano, lo arricchiscono, insomma contribuiscono a farlo crescere.

Essi provocano il soggetto e lo trascinano all'azione per il bene.

D'altra parte senza l'uomo i valori restano inespressi e quando l'uomo li accetta e li mette in pratica acquista meriti.

Ecco l'importanza di un'appropriata educazione della facoltà dei valori, perché senza l'educazione si perde la capacità di percepirli.

Bisogna riconoscere che Dio fonda tutti i più alti valori in quanto lui solo può assicurare loro una assoluta oggettività: soltanto il valore del sacro permette di trascendere la sfera umana e l'umanesimo storicistico racchiuso in se stesso e senza speranza.

Il valore è nelle cose ciò che esprime la loro relazione all'assoluto, è ciò che permette di elevare all'assoluto ogni cosa relativa.

Non a caso la filosofia classica aveva accostato le due nozioni di essere e di bene.

Insomma l'assolutezza dei valori deriva dal fatto che sono garantiti dalla trascendenza di Dio.

Dunque valori assoluti senza i quali si annaspa nella vita come avviene se ci si affida al cosiddetto "pensiero debole" non fondato sul rispetto di questi valori.

Però il solo sapere, pur condizione essenziale, non è sufficiente per operare bene. L'operare bene ha bisogno della buona volontà e qui è stato manchevole anche Socrate che credeva nell'intellettualismo etico che concepisce il male come forma di ignoranza, ma purtroppo non basta conoscere il bene per metterlo in pratica. È evidente che occorre la buona volontà che richiede lavoro, sacrifici, rinunce che a te non sono mancati accanto, bisogna dirlo, a tante belle soddisfazioni. Belle soddisfazioni proprio perché frutto di duro lavoro, sacrifici e rinunce.

Ciò che si ottiene senza sforzi e merito non dà soddisfazione.

I tanti fatti che sono nel libro sono unificati dai valori che sono i principi ispiratori o informativi in base ai quali tu pensavi di organizzare le azioni e i fatti secondo la tua volontà.

I fatti spesso si presentano diversamente da come è giusto e doveroso che siano perché informati ad altri principi ispiratori e allora bisogna che siano raddrizzati anche a costo di conseguenze spiacevoli.

In ogni epoca il bene è stato preso di mira e sempre sarà così, però è certo che chi fa del male se sarà ricordato lo si farà con disistima, chi fa del bene sarà ricordato con gratitudine e per sempre, perché il bene alla fine trionferà non essendo il male un principio per sé sussistente. I manichei pensavano che il Bene e il Male fossero due principi paritari in lotta fra loro in eterno e quindi infiniti e sussistenti. Ma evidentemente si sbagliavano perché non possono esistere contemporaneamente due infiniti perché si annullerebbero a vicenda, allora esiste un solo infinito che è il Bene fondato sull'essere.

Per questo l'inferno è la condizione eterna di chi incaponendosi nel male si procura la sofferenza di non poter più amare né essere amato precipitando così ai confini del nulla.

I fatti da te erano informati dai suddetti valori incarnati in una pregiata maturità umana e professionale, in competenze scientifiche nelle proprie materie di insegnamento, in conoscenze giuridiche, amministrative, tecniche, psicologiche.

Insomma in una cultura generale di livello elevato articolata in conoscenze storiche, economiche, sociali, artistiche, ambientali, di costume, sportive trattate con correttezza, rispetto, equità.

A proposito vedasi la tua risposta, esemplare e profonda, riportata alle pp. 198-200 del libro, ad una domanda a te rivolta da due Presidi in occasione di un corso di aggiornamento organizzato dal Provveditore in un albergo di Bellagio, città situata alla confluenza dei due rami del

Lago di Como: "Senti, facci capire una cosa, come si spiega che voi colleghi che venite dal sud, qui date prova di essere preparati, di avere idee e spirito di iniziativa, capacità di organizzazione e di gestione, ma con tutto ciò poi il sud non decolla".

Non si può riportare qui la risposta perché ricca, precisa ed articolata: è bene leggerla nel libro.

Tra gli altri principi formali non posso non fare riferimento alle varie occasioni in cui dimostravi intuito a livello di intelligenza emotiva ed operativa che favorivano approcci a situazioni problematiche a volte con decisioni articolate e graduali, a volte tempestive e improrogabili, quando necessarie.

Insomma vicinanza alle persone in singoli casi tristi o problematici e interventi ostativi quando necessari con persone ostinate nelle loro manchevolezze.

Quando si decide e si passa all'azione vengono messe in campo emozioni, motivazioni, valori.

Inoltre elemento informativo era il tuo spirito aperto col quale ti ponevi alla ricerca di collaborazioni e condizioni ambientali e relazionali serene con tutti gli operatori scolastici.

Tutto ciò racchiude un modo di pensare ed operativo che non appare, ripeto, ma fa parte della sostanza di una corretta ed efficace gestione: quanto lavoro e sacrifici ci sono dietro la facciata delle scuole, se dirette da Presidi con alti valori morali!

In ogni cosa, anche nell'operare scolastico, bisogna distinguere forma e fatti: quest'ultimi sono descritti nel libro con una esposizione lineare ed efficace. Io mi sono limitato solo agli elementi formali che fanno un tutt'uno con i fatti che hanno ricevuto la "forma morale" voluta da te.

La forma, in senso aristotelico, è sempre la sostanza dei fatti che nel libro sono espressi con uno stile comprensibile e preciso con una significatività tale da rendere la lettura scorrevole, piacevole e chiara grazie all'uso di funzionali e rigorosi concetti espressi con termini che garantiscono la corrispondenza precisa al senso e alla pregnanza della realtà dando con evidenza l'intelligibilità dei fatti.

Mario Nanni, giornalista parlamentare, considera requisito fondamentale "la qualità e l'esattezza della scrittura, vista non solo come cifra stilistica, ma anche come sigillo tecnico-professionale".

Bisogna ringraziarti per aver pubblicato questo libro, testimonianza di una vita vissuta per il bene della scuola e di tanti tuoi alunni e quindi per il futuro del Paese da te, totalmente considerato, senza distinzione di parte tra Nord e Sud.

Infine concludo con le belle riflessioni del giornalista Joshua Foer: "Sono i nostri ricordi a renderci quello che siamo, sono loro la sede dei nostri valori e la fonte della nostra personalità. […] La memoria non va allenata soltanto per fare qualche trucchetto a una festa, ma per nutrire un qualcosa di profondamente ed essenzialmente umano."

Queste parole confermano ancor di più l'importanza di questo libro di Pino Cecere senior.

"STILLE" LIBRO DI PINO CECERE SENIOR

REALISMO MA ANCHE INNO ALL'AMORE, ALLA BELLEZZA, ALLA FELICITÁ

Le poesie del libro descrivono con realismo la vita piena di problemi e dolore, ma traspare tra le righe l'anelito a che le persone fossero migliori o almeno tendessero al loro tipo ideale cioè alla loro possibile perfezione, al loro dover essere.

Per questo tutto è intravisto con un atteggiamento di tensione che vibra di accenti mistici, misteriosi, mitici e di speranza nella luce della Bellezza, della Felicità, dell'Amore.

(*A me stesso* - p. 12 - In dono hai avuto la vita/per esistere, /per conoscere, /per amare, /per agire. /Sarà più lunga/o più breve di tante, /di quelle dei tuoi compagni di viaggio:/non sai: è mistero […] impreziosisci il tuo dono:/non smettere/di conoscere, /di amare, /di agire, /di donare.

Un libro di poesie può scuotere la vita?

La risposta è sì, se è ricco di "stille" che dissetano, di "perle" che arricchiscono l'animo, cioè se le poesie elevano il pensiero, provocano emozioni a catena, celebrano la vita nei suoi diversi aspetti e momenti con particolari che possono sembrare di poco conto, ma che in realtà avvincono l'animo con descrizioni e suggestioni attraenti.

Così il libro suscita riflessioni sul dolore, la morte, la presenza del male, la natura, la campagna, il lavoro, la famiglia, il dono, il mare, la solitudine, il silenzio, l'assenza e la presenza dei cari, la speranza, la fraternità, la bellezza che tutto colora.

Persino la morte perde un po' del suo aspetto atroce aumentando la comunione tra i vivi e i cari defunti.

Insomma tutti i suddetti temi sono "belli", se fanno amare di più le persone e il creato.

L'amore è il più alto e sublime sentimento che supera ogni ostacolo di tempo e di spazio.

Il libro nei suoi componimenti se è un continuo inno all'amore rivela nel contempo un amaro sconcerto di fronte al male che verrà trattato in seguito in modo particolare.

La lettura delle poesie è piacevole ed innesca un climax di emozioni lungo uno scalare di rappresentazioni e immagini rese vivide con sorprendenti similitudini e metafore che si imprimono a fuoco nella mente.

(*Girasoli* - p. 83 - Fitta falange/ schierata a rendere omaggio al sole/appare quel campo di girasoli; del sole hanno sembianza/ nel volto/cui fanno corona/ petali fulvi come raggi.)

Gli adulti assaporano più a fondo la lettura per una certa "precomprensione" ossia per il fatto che nei significati delle poesie ritrovano se stessi con i propri valori, sogni, attese, meditazioni, sofferenze, gioie, aspirazioni.

Per i giovani è un libro formativo, utile per riflettere su se stessi, sul rispetto per gli altri e per la natura, sul senso della vita e sulla considerazione di quello che i nostri avi hanno fatto con duro lavoro e dedizione per tutti noi.

(*Le pietre di Puglia raccontano* - p. 54 - Con dura fatica/strappate alla terra rossa, /a recintar poderi in muri a secco/a dar rifugio e custodire greggi, /a eriger antiche specchie /con maestria poste, /vetuste, ancor di sé fan mostra/le pietre di Puglia.)

Libro esistenzialmente formativo perché aleggia, attraverso tutte le poesie, uno spirito che "idealizza" i fatti dando ad essi una carica eccezionale di partecipazione contagiante e convincente, soffusa di delicata religiosità così da polarizzare le aspirazioni di una comunità e di un'epoca elevandole a simboli privilegiati e trascendenti.

Agli importanti e ricorrenti temi, su accennati, bisogna aggiungere i riferimenti alla caducità e precarietà di tutte le cose, la considerazione valoriale della famiglia "mitizzata" nella delicatezza del "nido".

(*Avita dimora* - p. 21 – Al ritorno al nido, di sera, /non più il sorriso della madre affettuosa, /ormai lontano, /né la presenza del padre/con le sue domande, /a dar voce al silenzio, /a colmare il vuoto, /a scaldare il freddo/nell'avita dimora. [...] E nella solitudine della sera/soccorre il ricordo/del tempo lontano e recente, /del rientro al nido, /oasi di affetto e di premure/per i miei amabilissimi anziani/sereni, premurosi, /pur nella tarda età.

Un'attenzione particolare è dedicata agli alberi d'ulivo, simbolo della Puglia, ma profanati per far posto agli impianti eolici o sradicati per essere portati al nord come le nostre pietre dei muri a secco.

(*Le pietre di Puglia raccontano* - p. 54 - [...] Sosta, tu che vieni da lontano, /presso un cumulo di pietre: /sentirai il lamento e il pianto/per le pietre sorelle/strappate alla terra madre/ e deportate ad abbellire, /lontano, /degli insubri le ville.)

Ci sono sorprendenti descrizioni di aspetti della natura nelle varie stagioni, anche di altre regioni italiane; affettuose descrizioni del silenzio, della solitudine (*Quando tacciono le parole* - p. 99 - Non ha parole, /ma quante cose può dire il silenzio. /Quando non hai parole, /per te, /parla il silenzio.) e degli animali *(Lucciole* - p. 77 – Inafferrabili, a volo basso, / incerte vagano le lucciole/nell'umida sera a Pescaglia. [...] Vagano sul nulla e sul tutto/i pensieri, /a intermittenza, /come le flebili lucerne delle lucciole/ nell'umida sera.

La poesia si apre e si conclude con vaghe suggestioni pascoliane mentre la prossima con suggestioni leopardiane.

(*Libellula* - p. 108 - [...] Ritorno me stesso/e intorno, una libellula, leggera, /mi sosta con volo elegante: /indugia, la osservo, è bella, / mi par vanitosa/e poi svanisce, /come il gabbiano. /Brevi visioni, brevi evasioni/momenti di bellezza/in breve svaniti, /come altri più lunghi/che misero le ali all'età dei sogni.

Molti versi in molte poesie sono dedicati al problema della presenza del male: uno dei più gravi e assillanti sul quale si possono fare le seguenti riflessioni.

Il male è la mancanza di un bene necessario per la completezza o perfezione di un qualsiasi ente.

Se manca, per es., un braccio a una persona abbiamo un male fisico. È male morale se manca "qualcosa" per il perfezionamento della persona umana in relazione al suo fine ultimo che consiste nello sviluppo di tutte le sue potenzialità perché ciò è il bene più elevato.

Lo spirito o l'intelletto dell'uomo è capace di comprendere potenzialmente l'infinito e s s e r e, e quindi può espandersi all'infinito. Questa vocazione all'infinito è la sua vera felicità che supera quella puramente umana.

(*Quel luogo* - p. 49 – Le croci, il silenzio sovrano, /il vento leggero di quel luogo/pervaso di mistero e memorie/hanno spinto il pensiero/nell'oltre senza limiti. / [...] dissolte le foschie del giorno/è apparsa la gioia di vivere.)

Ma l'unico infinito è Dio, e il fine ultimo dell'uomo è Dio stesso, l'unico che può potenziare la natura umana oltre i suoi limiti, recuperando e arricchendo la realtà con *nuovi cieli e nuova terra*. (*Nostalgie di un fanciullo* - p. 78 – [...] È bello il cielo/dove vedi da vicino/Colui che tutto ha creato; /ma la terra, la vita incompiuta, /le cose belle non ancora conosciute/mi son rimaste nei sogni.

Sogni non realizzati: ciò vale per tutti, nessuno realizza tutti i propri sogni. Ma stare dalla parte di Dio, re dell'universo, significa, in fondo, avere sempre tutto se si considerano le cose *sub specie aeternitatis*.

Il dramma dell'uomo è rimanere rattrappito ad un livello magari sempre più basso di realizzazione di sé abusando della propria libertà anche fino a perdersi del tutto.

È ciò che temeva il Petrarca che si angustiava a che i beni terreni non prevalessero su quelli spirituali ben sapendo che i primi sono anch'essi importanti, ma hanno un valore strumentale rispetto ai secondi. Non poteva immaginare il Petrarca che il filosofo Nietzsche, secoli dopo, avrebbe costatato, a modo suo, la "morte di Dio" nel senso che Dio non sarebbe stato tenuto in considerazione in alcun codice di diritto e anche spodestato da ogni istituzione e dalla società. E sarebbe stato sostituito dall'uomo che facendosi forte della scienza e della tecnica sarebbe diventato super, appunto superuomo. Superuomo, però, che può essere messo K.O. da un piccolo virus come il Covid.

Scherzi a parte, se "muore Dio" muore pure l'uomo e si vede quello che sta succedendo in un mondo in cui l'uomo pensa di poterne fare a meno.

Dio può fare a meno dell'uomo, ma non viceversa. Però Dio si è impegnato a salvare comunque l'uomo anche se recalcitrante.

Dio c'è, è Provvidenza e ha chiamato gli uomini a legarsi in una alleanza con Lui, ma occorre che tutti gli uomini e soprattutto i potenti non si sentano padroni assoluti di se stessi e dei destini del mondo, altrimenti lo precipitano nel caos.

Molti sono convinti che Dio non esiste per la presenza del male o che non è onnipotente essendo incapace di eliminarlo. Ma se Dio dovesse eliminare il male dovrebbe annientare ciò che di più bello ha creato, (cioè la persona umana che è l'unica responsabile del male morale) e rinnegare Se Stesso perché quando creava diceva, ogni volta, che faceva cose buone.

Dio rispetta l'uomo al contrario di tanti malfattori che, per esempio, sfruttano e maltrattano tanti profughi cui sono

dedicati accorati accenni in alcune poesie. (*Partenze* - p. 66
- [...] il viaggio dei migranti/in fuga da terre tribolate.
/Partire da solo, /senza l'ingombro di un bagaglio, /per un
viaggio breve senza ritorno/verso un dove che non ha luogo:
la partenza di ciascuno/per l'ultimo approdo.)

Per i fortunati l'ultimo approdo può essere "[...] sul bordo
sfrangiato/dove terra e mare, /giovani amanti, vivono eterno
amore." (*Evasioni* p. 67)

Amore che per loro spesso non v'è.

Ognuno agisce liberamente secondo il proprio libero
arbitrio. C'è chi si comporta bene e c'è chi si comporta
male: sarà sempre così. Però è un mistero che uno persista
a tradire se stesso cioè continui a farsi del male, magari, per
sempre...per l'eternità.

Dio non costringe le persone (create libere) nemmeno a
comportarsi bene perché siano felici. Vuole che la felicità
sia guadagnata con meriti personali non per intervento
solamente della Provvidenza che comunque
misteriosamente sempre agisce. Dio non fa mancare mai il
suo aiuto.

Il guaio è che chi non è responsabile nemmeno verso se stesso provoca danno per sé e per gli altri.

Le conseguenze si vedono in tutti i settori della vita, in politica in cui, spesso, si perde di vista il bene comune; nei rapporti sociali dove agiscono tipi davvero raccapriccianti, delineati nel libro nelle composizioni satiriche con iconiche espressioni cariche di causticità, ironia, vis satirica che inducono ad un sorriso amaro.

Si leggano le argute e spigliate satire dedicate *"A un candidato non rieletto"*, *"A un narcisista"*, *"A uno scroccone"*, *"A un taccagno"* da p. 161 a p. 167.

Altri interventi potrebbero essere fatti su altri temi, ma non c'è spazio e allora è raccomandata la lettura diretta delle poesie. Il libro è edificante, mentre "denuncia" le cose che non vanno, fa desiderare il contrario, e poi soddisfa diversi interessi: culturali, letterari, morali, estetici.

Concludo con il mito molto bello del girasole, simbolo della poesia, narrato nel IV libro delle Metamorfosi di Ovidio: la ninfa Clizia è innamoratissima di Apollo, il dio della musica e della poesia, il quale l'aveva prima amata e poi ripudiata.

Ma ella rimase fedele al suo prediletto, nonostante tutto, e fu trasformata in girasole.

La ninfa Clizia rappresenta l'emblema della fedeltà e della permanenza della sostanza oltre la mutevolezza delle forme.

Anche la poesia aiuta a connetterci con la nostra identità, i nostri sentimenti e vissuti sebbene uno stesso verso possa assumere significati diversi, grazie alle metafore, pur nella permanenza del messaggio estetico.

La poesia è un mezzo superiore di comunicare emozioni, stati d'animo e concetti in modo più potente ed efficace.

In queste poesie c'è tutto l'essere dell'Autore.

Pino non è avulso dalla realtà e dalla società, è testimone del suo tempo, è investito da un sentito fervore nel trasmettere conoscenza, suscitare emozioni e suggestioni nel lettore soggiogandone la mente e il cuore.

Dice Giancane: "*Il valore pedagogico più rilevante risiede nella disponibilità dell'esperienza del poeta. In essa è insito un potere umanizzante, un modo creativo di usare la*

propria fantasia, di essere disponibili verso le emozioni, i
sentimenti, gli ideali."

Così si può crescere insieme, aggiungerei io.

Non si può volere di più.

Buona Lettura.

INDICE

Finito di stampare nel mese di febbraio 2023.

Made in the USA
Columbia, SC
22 January 2025

52235364R00109